地ごく

献鹿狸太朗

講談社

装幀　杉田優美（G×complex）

地ごく

久野《くの》には金のかからない趣味があった。錆《さ》びきった窓手すりの隙間《すきま》から団地の駐車場を見下ろしては、浮き世の地獄を毎日貪《むさぼ》るのだ。大体十六時くらい、影が伸び始めると小学生どもが下校してくる。どれも死臭のするこの場所で暮らす銀蠅《ぎんばえ》に変わりはないが、そんな中にもカーストがあるのだ。奴《やつ》らは久野の向かいに住んでいる土井《どい》という老人を標的にしていた。不幸にも小学生の下校時刻と土井が帰宅する時刻は同じらしく、すぐに捕まっては駐車場で純一無雑な暴力の餌食《えじき》となっている。土井は醜《みにく》かった。九月のひまわりみたいに曲がった首にぶら下がる面のような顔は、偶然人間に見えなくもない木目程度の解像度しかなく不気味だった。丈《たけ》はばかに短く、小学生とそう変わらない。清潔感などまるでなく、いつ見ても同じダウンを着ていた。あれを土井が脱いで地面に置けばボタリと水気のある音がして、すぐに虫が湧《わ》いて分解し尽くすに違いないだろう。久野は七日に一度は服を洗う自分と彼とを比べてそう思った。

「今日もイボゲボいる！　おい！　うわ気持ちわりっ！　こっち見た！」

甲高《かんだか》い子どもの声が駐車場を転がった。ここには寝たきりの病人も夜勤労働者もいるが、この配慮に欠ける騒音込みの物件なのだ。誰にも文句を言う権利などなかった。イボゲボとは土井の顔の真ん中に居座る大きなイボと、本人の体臭がすっぱい吐《と》瀉物《しゃ》のようであることから付けられたあだ名であった。土井は銀蠅どもの声に肩を竦《すく》めて逃げようと背を向けたが、銀蠅の一人がすかさず何か投げる。それはみごと禿《は》げ上《あ》がった後頭部を捉《とら》え、濁《にご》った水を撒《ま》き散《ち》らしながらカン、とその場に落ちた。発泡酒の空き缶から何やら薄茶色の液体がトクトクと溢《あふ》れ、水溜《みずた》まりを作っている。久野は液体が散らばったとき血液かと期待したが、あれはどうやらただの汚水らしい。傍《はた》から見ている分にはすぐ理解できたが、痛みに怯《おび》えて膝《ひざ》を突く土井本人は未《いま》だに耳の裏を伝って顔に流れるそれを自分の血だと思い恐怖している様子だ。

素晴らしかった。死んだ方がましのくせになぜ生きているのか不思議な底辺が、将来そうなるであろう若いだけの同じ底辺によって苦しめられている。ほかの小学生なら家の中でゲームに没頭しているころだろう。家に帰っても何もないから、家に帰れば途端に自分のみすぼらしさを感じてしまうから、かと言って他人の家に行けばもっと場違いであることを知ってしまうから、団地の駐車場で老人にドブ水を浴びせる遊びをしているのだ。あの小学生どもは他所《よそ》で見かける小学生より一回り小さい。昆虫みたいな四肢から、教養だけでなく栄養が足りていないことが見て取れる。老人を虐《いじ》めている時間以外は真っ黒いランドセルを細い肩にかけて、小さな体操着に毛玉を作りながら汚い弥生人顔《やよいじんがお》で日陰《ひかげ》を歩く生き物だった。久野はそれらを見下した。しかしそれは厭《いや》らしい見下しではなく、純粋ではち切れそうな、恋みたいな見下しなのだ。夜勤警備のバイト中、久野は自分がどうしようもなく最低な動物で、何一つ持っていないのではないかと考えてしまう。当然、花丸、大正解に久野は最低で何もない霊長類なのだから無理もないのだが、自覚する作業は肺を捩《ね》じ切るような痛みを伴う。そんな痛みを癒《い》やしてくれるのが、団地の銀蠅どもとその真ん中でのたうつ蠅の王なのだ。あの老人の木目のような顔を思い浮かべると、その醜さや愚かさや無力さに腹が立った。他人へ理不尽な怒りを向けるとき人は、確かな快感を得ている。背景も往く道も見ないで投げかけるお節介《せっかい》は煮え立つ肥溜《こえだ》めがあぶくを割る瞬間発せられる便臭そのものだ。便臭をさせながら自分より下の動物に安心し、ついには生娘顔負けの甘酸っぱさまで感じるようになってしまったのが久野だった。底辺の存在は久野にとって、どんな姿をしていても一時的な逃げ場となる依存性の高いお薬なのだ。心がすっと軽くなって、なんだか感謝の気持ちが湧いてきて、もっと欲しいと思えるのならあの地獄窃視を恋と同列に語ってしまったって差し支えない。一方通行に想《おも》いを寄せる部分はまったく同じなのだ。久野は自分と同じくらい頭の悪そうな小学生の笑い声にときめくのだ。それより更に頭の悪そうな老人の惨《みじ》めな抵抗に首ったけなのだ。ドラマや映画では決して描かれない、本物の絶望が彼を情趣的に癒やした。映画や小説で辛《つら》い運命を背負うキャラクタは皆美しい。美しい恋人が不治の病《やまい》になろうが、そんなのは久野からすれば悲劇でもなんでもないのだ。美しく、愛され、あの世に旅立つことを悲しんでもらえる生き物の死など、むしろ嫉妬《しっと》の対象でしかなかった。本当の悲劇とは醜く、嫌われ、死んだって誰も困らない人間が命を絶つような物のことだ。人が食えるものであってはいけないのだ。誰も欲しがらないような厭世《えんせい》こそが、久野の求める安心だった。

一般人じゃ滅多《めった》にお目にかかれないミゼラブルがゴロゴロ転がるあの団地は、久野からすれば天国のように思えた。若い母から幼《おさな》い子への暴力もあれば、中年の男が中年の女へ浴びせる暴力もある。耄碌《もうろく》した祖母を虐め続ける十代の娘は暴力をふるうのと同時に精神的な暴力を受けているし、頭を壊した人間も心を壊した人間も身体《からだ》を壊した人間も勢揃《せいぞろ》いで退屈しなかった。いつ死人が出たっておかしくない素敵なコミュニティなのだ。一つ下の階に住んでいる老夫婦に至ってはもう死んでいるのかもしれない。つねに尋常ではない腐臭が立ち込めていて、久野は階段を上るとき決まってそれらを肺に詰め込んだ。眼球の奥まで土足で上がり込むすっぱい腐臭は、野性的な生を含んだムスキーノートとなって久野を歓迎し、「まだ死んでいないけど、もうすぐ死ぬからこんな臭《にお》いをさせているんだよ」と語りかけてくるのだ。その声を聞いて自室の人工的なヤニ臭さを確認し、自分はまだ生きていられると肌で感じる。おぞましく純度の高い最悪は、いつでも手の届く場所から久野という男を甘やかしていた。

お手製のドブ缶は全《すべ》て命中し、蠅の王はドブ水を吸って重くなったダウンをなんとか脱ぎ捨てた。首元が大きくくたびれた肌着から薄汚い肌が覗《のぞ》き、分厚い唇《くちびる》は面白いほど青白く色を失った。あの口の形は寒い、寒い、と呟《つぶや》いているのだろう。投げる物のなくなった小学生は次に自転車に跨《また》がった。土井を取り囲むようにしてぐるぐる周回し、その輪を段々狭くして圧をかける遊びだ。一人は前後に後付けの大きな荷物入れがついたママチャリで、もう一人は小学六年生のガタイには少し小さい十八インチのボロである。それでも自転車がなく一人だけ走って回っているヤツよりはずっとマシなのだ。

油の足りない自転車の軋《きし》む音と土井の悲鳴を聞きながら久野は発泡酒を開けた。麦が野菜の仲間なら肉を捨てて菜食主義に走ってもいい、ぬるい泡《あわ》を喉《のど》に迎え入れる度そう思った。

「こけろ！　こけろ……！」

お馬さんを見ているときも、お船を見ているときも、底辺のお子さまを見ているときも気持ちは同じだった。期待を込めて他人が空振る姿を希《こいねが》うのは、ぼんやりしたフィクションへ捧《ささ》げるおべっかの信仰なんかじゃなく、本当に欲望だけをありのまま吐《は》き出《だ》す本来の祈りだった。久野の人生、失敗以外はとんずらなのだ。敗北か逃亡しか知らないから、他人の敗北についてはよく想像できる。なんにもない男が少しだけ持つ知見だった。久野は他人が負けたからって自分が勝てるわけではないことに気づかないのだ。

団地のどこかで赤ん坊が泣いていて、終末みたいな音質のスピーカーからは徘徊《はいかい》老人のお知らせが響く。窓の下ではママチャリに跨る小学生が老人に乗り上げていた。興奮気味の、なんとも愉《たの》しそうな笑い声が反響する。黄ばんだ肌着はタイヤの跡をくっきりつけて、蹲《うずくま》る老人は何かに泣いていた。痛いのだろうか、恥ずかしいのだろうか、恐ろしいのだろうか、それとも怒っているのだろうか。老人の涙の理由なんて誰にも分からない。推し量ることなどできない。ただ誰の目にも土井は、別の部屋で喉を嗄《か》らす赤ん坊と変わらないほど無力な大人だった。久野が見つけたとっておきの負け犬なのだ。なんにもない自分に神様が下すった美しい厭世、今の久野を支える唯一の蛍火なのだ。

同僚の上着からくすねてきたハイライトをケチ臭く小刻みに吸いながら、久野はモノトーンの凍《い》て空を眺《なが》めていた。誰もいないビルの屋上で、警備もしていないのに給料が貰《もら》える仕組みの謎《なぞ》について思案に暮れる。この仕事は本当に退屈だ。時間が永遠に進まない退屈地獄だ。たかが一人の男が警備していたってなんの防犯にもなりはしないのだから、きっと雇い主の思惑はほかにある。久野を退屈地獄に閉じ込めて責《せ》め苛《さいな》むのが本当の目的なのだと推理した。そうでなければこんな無能に給料など払うまい。口内を転がる慰めの煙を細く吐いてはそんなことを考えるのだ。本当に時間が進まない。膨大な孤独のなかで喧々《けんけん》たる静寂に身を寄せると、じんわり歳《とし》をとっていく気がした。自分はほかの三十代より疲れた顔をしていないだろうか。髭《ひげ》も剃《そ》らないものだから自分の顔など長い間見つめていなかった。大人になりたがっていた幼少期の自分を、心から折檻《せっかん》したいと思った。あのころから何も手に入れられていない。恋人はおろか友人も、自分を慕《した》う後輩や部下も、頼ってくれる上司もいない。今すぐそこから飛び降りたって誰の運命も変えられない虚無だった。生命の循環にすら携わることのできない虚無なのだ。久野は糞虫《くそむし》であった。ただ一つ救いがあるとすれば、この世界には同じような虚無が無数に存在するという点だ。無のくせに存在するなんてなんだか都合のいい話である。

自分のことばかり考えても全てが嫌になるだけなので、久野は決まって土井のことを思い出した。常人が安らぎを求めて家族や恋人を思い浮かべるようにあの老人を脳裏に呼び起こすのだ。

しょっちゅう小学生に捕まって虐められているが、普段は何をして生きているのだろうか。そもそも毎日どこへ出かけているのだろうか。万が一あれに恋人や友人がいたら久野はどうなってしまうのだろうか。

そう言えば、虚無の久野にもインターネットという居場所があった。それはあってないような即物的な場所ではあるが、多くの虚無が辿《たど》り着《つ》く救済の姿をした便所なのだ。久野にとってそれは稼げる方法を探すわけでもなければ寂《さび》しさを埋める相手を探すわけでもなく、ただ他人が堕《お》ちていくのを見て愉しむためのコンテンツで、匿名掲示板に張り付いては進まない時間を急速に溶かしていた。
少し前から久野は、土井のことをそこに記すようになった。たまに写真も加えて、小学生に虐待される生活保護受給者として紹介した。土井の醜さは掃《は》き溜《だ》めと相性が良く、ウケたのだ。今日あったことを書き連ねに行こうかと掲示板を開くと、新しい書き込みが何件か来ていた。
《イボゲボ最近繫《つな》チャで害悪セクハラおじやってるよ》
《これ本人？　イボゲボの写真使ってるだけじゃなくて？》
《イボゲボの写真使うメリットとは》
《マッチング申請しといた》
繫チャとは繫がるチャットというマッチングアプリのことだ。男も無料で使える上身分証明も不要なサービスのため治安が悪いことで有名らしいが、あの弱々しい老人が女と出会おうとしているなんて久野には衝撃だった。人間はあんなにみすぼらしくなっても性欲が枯れないのだろうか。もうずっと素人の女にありついていない久野は、意外にも積極的な土井を知ってなんとも言えない敗北感で押《お》し潰《つぶ》されそうになった。性欲なんてお茶の間で誇れる要素では決してないが、もっと広い視野で見たとき男として負けたような気がしてくるのだ。書き込みに貼《は》り付《つ》けられていた画像では、確かに土井が女と出会おうとしている。適当な他人の写真を使えばいいものを気色悪い素顔で登録している辺りインターネットに不慣れでこのサービスを悪用しきれていなさそうに見えるが、年齢は三十五歳と大きくサバを読んでいる。あの顔はどう見ても六十間際の顔ではないか。久野は土井の忌々《いまいま》しい自撮りを眺めながら、非合理な怒りが湧いてくるのを感じていた。宿便に毛が生《は》えた程度の化け物が女と出会うことを諦《あきら》めないでいるなんて、とんでもない犯罪にさえ思えた。雷に打たれたケヤキみたいなじじいなど、画像として目に入るだけでも女性を不愉快にさせるだろうと憤った。でも本当に一番煮《に》え滾《たぎ》る感情は、この自分はとっくの昔に諦めているのに、まだ希望を抱いているなんて、そんなのはずるいじゃないかという焦りの感情だ。浅ましく痛ましいルサンチマンが、感情など芽生《めば》えるはずのないコンクリートを蹴破《けやぶ》り顔を見せた。久野は雑に吸い上げたハイライトの雑な辛みを雑に脳へ押しやって登録画面へと手を伸ばした。その際、当然のように性別は女とした。

桜子《さくらこ》は、都内に住む二十五歳の会社員。趣味は食べ歩きで顔はＡＶ女優の月間ランキングから適当に拝借した狸《たぬき》顔。真剣に交際相手を探している。これが、久野が勤務中に生み出した愛《いと》しい偶像だ。女を深く知らない男が作った女なため、酷《ひど》く空っぽで薄っぺらで浅い存在だが、同時に賊心が腹を痛めて放《ひ》り出《だ》した陳腐《ちんぷ》で哲学的な概念であった。桜子を作るとき久野は、今まで感じたことのない興奮を感じていた。デート前のおめかしのように夢のある時間だった。

朝方家に帰った久野は眠ることも忘れて震える手でメッセージを送った。何度も内容を推敲《すいこう》し、様々な反応を予測した。彩度の低い空が段々と暖色に変わるころ、ようやく愛の言葉が完成した。安酒の代わりに水道水を三杯飲んで、たばこを咥《くわ》える余裕さえなくただ真摯《しんし》にテキストと向き合っていたのだ。これほど心が震え、胸が高鳴り、血管が伸縮と弛緩《しかん》を繰り返すことがあるだろうか。たとえ欺瞞《ぎまん》であっても動機が他者にあるのなら一時的に利他の幸福を味わうことができるのかもしれない。自分より下だと卑しめて、己を落ち着かせるために利用していたはずの底辺に、本能的な嫉妬を抱き大人気なく行う悪行も、本人視点ではテスト明けみたいに清々《すがすが》しい善行に映っていた。

彼の下劣な勇気はすぐさま実を結び、土井はまんまとエサにかかった。

《はじめまして。桜子さん。とてもおきれいです。私は会えます。とてもおきれいなのでもっとみたいです。おねがいできますか？》

たどたどしい老人の文章に心が躍ったのと同時に久野は性欲丸出しの老人ほどむごたらしい生き物などそういないことを悟った。最後の行にこびり付いた下心を汲《く》み取《と》ると、おそらく顔や身体の写真を送ってほしいという催促であろう。興奮と同時に血の気が引くのを感じていた。土井はどこまでも最低で自分を安心させてくれるが、その実手に負えないほど気色悪いホンモノのようなのだ。怖いもの見たさで覗いた蓮《はす》の裏には、常人には想定できない不気味な淫欲《いんよく》が渦巻いていた。働きもしていない六十手前の醜男《ぶおとこ》が立派に働く二十五の美人に性を求めていいと本気で考えているのなら恐怖でしかない。負の塊《かたまり》の化け物など、正に干渉するだけで悪なのだ。どこまで久野を安心させれば気が済むのだろうか。しかし、桜子なんて女は存在しないし、土井を弄《もてあそ》んでいるのも無断で女優の顔を悪用しているのも久野なのだ。それらの点に関する罪悪感など久野にはなく、後ろめたさなど微塵《みじん》も感じないで気分はすっかり被害者だった。桜子という架空の女に感情移入して、土井の性欲に凄《すさ》まじい嫌悪と恐怖を抱いてしまっている姿は病的である。けれどもインターネットに存在する虚無たちは久野の味方だった。土井とのやり取りを見せれば大喜びで同じように彼を気味悪がってくれるのだ。無断で顔を使われた女優以外の全ての登場人物が地獄行きだった。醜いことは先天的な罪で、あるいは罰で、誰かを羨《うらや》み足を引っ張ろうとすることは後天的な罪、あるいは罰だ。久野はみごとに土井の虜《とりこ》だった。ただ弱々しい、無力なだけの老人だと思っていた男が、悪辣《あくらつ》な性欲を抱《かか》える代わりに死ぬほど知能の低い化け物だったと知ったのだ。人間とはなんと奥の深い生き物だろうか。シャーレ程度の深さしかない凡庸な思考がマッチングアプリの下品なアイコンによく似合っていた。

土井と桜子のやり取りを見守る虚無たちから、会いたがっているなら会えばどうかと提案があった。桜子など本当は存在しない。つまり、会う約束だけ取り付けて翻弄《ほんろう》しようという話だ。

連絡すればすぐに返事が来て、最寄り駅の栄えている方の出口で待ち合わせることが決まった。うまく事が運びすぎていて多少の動揺は覚えたが、久野は今人生の光を見ていた。自分から行動したことなどなかったのに、こんなにも能動的に動けている。やっていることがどんなにくだらなくとも人は普段と違う自分に出会いたがっているものなのだ。陸地でのんびり暮らす肺呼吸の生き物にはピンと来ない話だが、土の上では生きていられないエラ呼吸のお魚どもは陸に数秒留まるだけで苦しいのだ。だから海の深くに身を隠して、ごぽごぽ、ごぽごぽと泡を吐く。陽に当たったら死ぬように、自分で自分を変えていく。何匹ものクズが時間をかけて人の心を退化させたのだ。道理で間違った光に向かって泳ぐことすら、脳がカリカリに痩《こ》けたお魚にとっては前進に感じられているわけだ。

いったい、どんな顔をしてくるだろうか。久野の知っている土井は二人いる。小学生にリンチされ、みっともなく腰を曲げ逃げ惑う土井と、恥ずかしげもなくサバを読んで若い女を求める土井。テキストメッセージとして存在する土井と、団地で生活する土井が同一人物だと思うと奇妙な感覚を覚えた。顔しか知らない人間にも、顔すら知らない人間にも猥雑《わいざつ》な一秒一秒を重ねた人生があるのだ。

ロータリーを一望できるファミレスの窓側席で土井が現れるのを待った。いつもは団地の窓から駐車場を眺めているが、今日は初めて違う場所から獲物を待っている。待ち合わせの時間から数分遅れて、土井は姿を見せた。バスからいそいそと降りてきて、ちょうどよく見える交番の前に立った。本当に来るとは。久野はふわっと血が滾るのが分かった。指先から心臓に向かって興奮が迫《せ》り上がる。唇が顫動《せんどう》し目の前が白む。喉が渇いて瞼《まぶた》が痙攣《けいれん》する。あまりにも情熱的な悪意が一気に花開いて細胞を支配していた。クズが輝けるのは憎悪を持ち出して他人を貶《おとし》めているときだけなのだ。久野の人生の輝きは、土井なんかに捧げられて枯れ始めていた。彼は熱狂的に、害心しか持ち得なかった。

案の定私は着きましたがどこにいますかと連絡が入る。久野はファミレスからの盗撮とそのメッセージを掲示板に貼り付け、周囲の反応を愉しんだ。本当にあの女優が登場すると思っていたのだろうか。登場していたらどうするつもりだったのだろうか。世間は冷たく、身の程知らずという罪には特に厳しかった。身の程を知っている久野は女を求めなどしない。自分より愚かで弱々しい憐《あわ》れな存在だけを求めてきちんと頭を腐らせながら生きていた。愛や恋をする権利もなければ、仕事に情熱を燃やせる土台もない。それらがない者は当然運もないのだから、もっぱら便所に落書きを増やしているのだ。

頼んだアイスコーヒーの氷が溶けてグラスが空になるまでの時間久野は土井に夢中だった。日が暮れるまで待ちぼうけさせることもできたが、土井が期待以上の逸材だったばかりに数時間で職質にあったのだ。掲示板に磔《はりつけ》の虚無たちも警察の登場には大いに盛り上がった。

《桜子さん。まだですか。私はさきほどまでケーサツにいました。ごめんなさい。かえりましたか？》

なんと愛しい文面だろうか。久野は母に抱かれるような安堵《あんど》感を手に入れ始めていた。寒気がするほど頭が悪いのだ、土井という男は。桜子はファミレスから一部始終見ていたから知っているのだ。土井が警官に呼び止められ転がるように逃げようとしたのも、二人目の警官の登場に足がすくみあっさり職務質問を開始されてしまったのも、それでもなお女を諦めずに性欲をぶら下げてこんなメッセージを送ってきたのも、全部知って、全部愛しく思っているのだ。久野と虚無たちは何を言うかよくよく悩んだが、結局シカトするのが一番面白いという結論に至った。皆「された側」だから痛みも苦しみも恥ずかしさも手に取るように解《わか》るのだ。痛みを知っているから優しくなれる人間なんて初めから選ばれた一握りの存在で、その他《た》大勢のカスは自分の受けた痛みや挫折《ざせつ》をほかの誰かに味わわせることに注力するものだ。苦しみのノウハウは予防でなく謀略に再利用されるのだ。みんながみんな足を引っ張り合うものだから、足の引っ張り方ばかり上達していった。

今日は素晴らしい一日だった。あの掲示板での久野はスターでありエンターテイナーでありヒーローであった。臓器を売りつくして血を全部抜いたって手の届かない称号を、小便ジミに彩《いろど》られた便器の中ではいくらでも手に入れられることに気づいてしまった。だがそれにずぶずぶとハマれるほどのエンジンは積んでいなかった。土井を弄ぶお遊戯《ゆうぎ》はとっても愉快だったのだが、罪悪感や申し訳なさなどではなく単純な疲労からこんなお仕事はもう当分やらなくていいな、と無気力に考えているのだ。久野という男がこれまで人生を無駄にしてきた理由がよくわかる。何一つ成し遂げていないのに、どんなことにもすぐ飽きて投げ出す癖《くせ》があったのだ。成功体験がないから意欲的になれなくて、失敗からすら逃げているから痛みを必要以上に恐れ、痛みを和らげる術さえ持たない。なんの経験値も積まずに丸裸で三十代を迎えてしまった愚にもつかない逃げ腰の端役《はやく》が久野だった。

夜警の間、ずっと久野一人というわけでもない。シフトの被《かぶ》っている人間が皆頻繁に無断欠勤をするからたまたま一人になる時間が多いだけなのだ。

高卒で働く加藤《かとう》という青年は色んな病気を患っていることを公言している。

「今日はメンタルの調子がめちゃめちゃいいんで昼からずっと起きてたんですよ、ほんとにダメなときは二十四時間寝てんのに、いいときはもうあれっすよ、二十四時間以上起きてるんす」

「加藤お前、寝れねえのもビョーキだって前言ってなかったか」

「病気っすね。ぜんぜん寝らんない入眠障害ってのとォ、寝てもぜんぜん体力が回復しない熟眠障害っての、二つっすね」

久野は彼が病名を沢山知っているだけの馬鹿《ばか》だということを見抜いていたが、意地悪くそれを暴《あば》くつもりもなかった。加藤が言うには彼は不眠症で鬱《うつ》でADHDでLDでアスペルガーで自閉症でHSPらしい。これらの嘘《うそ》はコンプレックスや己の無能さを世間から守るため生み出した加藤なりの自己弁護であり自己欺瞞なのだろう。病名を覚える暇があったらほかのことをすればいいのにとも思うが、病名を覚えることすら億劫《おっくう》な久野が言えた話ではなかった。むしろそんな言い訳を準備できるだけ久野より努力家であった。

「加藤さあ、繫チャって知ってっか？」

「え？　なんでしたっけそれ、あ、あ、あー、なんか出会い系の？　アレって古くないっすか？　あんなの今やってるのババアばっかですよ。おねーちゃんとマッチングしたかったらちゃんとした今どきのマッチングアプリ使った方がいいっす絶対」

「………そうなんだ」

若者の善意、若者の最新の知識はいつだって自分を若いと思い込んでいる老人を刺した。べつに久野が自分で利用していたわけではないが顔が紅潮しているのが分かる。土井だって彼なりに今どきなサービスを利用していたつもりだろうし、自分含めあの掲示板にいた虚無の誰もそれが古くて年寄りしか使わないサイトだと知らなかったのだ。顔も知らない画面の向こう側の社会不適合者たちはいったいいくつなのだろうか。久野はいたたまれなくなると同時に自分の将来を憂《うれ》えて青ざめた。

「久野さんそういうの興味あったんすか？　ぜんぜんイメージないっすね！　え、どっちっすか？　素人の女の子がよくなっただけなのかシンケンに探してるのか」

「どっちでもねえし使ってもねえよ」

「そんな恥ずかしがることないっすよ！　でもアレっす、絶対有料の使った方がいい子いますよ」

いい子など久野が探すはずもなかった。久野はつねに惨めで、落ちぶれていて、無能で、浅ましく、みすぼらしい弱者を求めていて、善人や美人など深く関《かか》わりたくもないのだ。同性であろうと異性であろうと真っ当に生きている尊い存在はそこにいるだけで久野を惨めな気持ちにさせた。

「お前、加藤、お前……お前は使ってんの？　そういうの」

「まァ、そうすね、使ってましたけど……アレなんすよね、金なかったんで自分、知り合いのカードでやってて」

　そのマッチングアプリに使い込みすぎてバレたのだと言う。加藤みたいな男に気を許すからいけないのだ。そもそもが低次元の話だった。この世のどこかには金を払わないで女を見つけられる男というのが存在するのだから、無料のサイトで質の悪い女を引っ掛けようと画策して笑いものにされるのも他人の金で女を探そうと必死になるのも同じ穴の狢《むじな》であった。

「そんなクズに寄ってくる女はバカ女だ」

「なんてこと言うんすか、俺はクズじゃないっすよ、だって仕方ないじゃないですか、精神が不安定なんですよ、心を病んでるんですよ、なんで心を病んでるか分かりますか？　頑張りすぎてるんですよ！」

「お前で頑張りすぎてるなら俺はなんだ」

「久野さんは元々メンタルが強いんすよ！　一緒にしないでください！」

無断欠勤を重ねられる加藤の方がずっと図太いように思えたが、久野はいちいちそれを言わなかった。加藤は甘ったれのクズであったが、お先真っ暗の虚言癖野郎なんて逸材、久野が嫌いなはずがなかった。隠しているつもりらしいが彼が借金を抱えていることだって知っていた。結局のところ見下しているのだ。加藤なんてこれから何も成し遂げられないで自分のようになっていくのだろうと思うと、やはり安心した。自分が加藤くらいの年齢のときは、きっと加藤より真面目《まじめ》に出勤していたはずだ。もしかしたら働いていなかったかもしれないが、久野からすれば一歩後ろだって思い出したくないことだらけなのだ。都合よく記憶を書き換えていた。

ぼんやり防犯カメラの映像を見つめていると、段々焦点が合わなくなっていき何が映っているのやら訳が分からなくなってくる。ゲシュタルト崩壊というやつだ。もしここに突然侵入者が映り込んでもウルトラマンのタイトル画面みたいに、あるいは罰を食らったときの視界のようにマーブルに歪《ゆが》んで認識できないかもしれない。警備員の役目を果たす自信などまるでないまま働いているのだ。そんなグレーを見つめながら、加藤がまたぶつぶつと語り始めた。

「久野さんはおっさんだからそういうデリカシーが欠けてると思うんすけど、鬱の人に言っちゃいけない言葉って何個かあって、頑張れ！　ってのはマジのタブーなんすよ。これホントに色んなサイトに書いてあって、確かに俺頑張れって言われんの嫌だわって感じるんすよ。マジもうちょいメンタル弱ってるときにそれ言われてたら俺、自殺してますからね！　そしたら久野さん殺人犯でお縄っすから」

「おっさんだからデリカシー欠けてるって言うのはデリカシー欠けた発言じゃねえのかよ」

「あっ、それはアレっすね、俺アスペだから？　言っちゃうんすよね、全然、思ってないんで。気にしないでください」

何を気にしなくていいと言うのか。加藤は病名を使いこなしていた。近頃は病名を使いこなした者勝ちらしく、会う度に加藤は病気を増やしていた。辛い辛いと言うのはどうやら気持ちのいい作業のようで、最近じゃ幸せと言うのは許されなくて弱音を吐くことを待たれているような風潮さえあった。弱者の多くが辛いだけの現状を努力だと思い込んで生きている。不幸を受け入れることはたとえ努力ほどの苦痛を伴っていたとして怠惰以外の何物でもないのに、勇気を持って逃げることや立ち向かうことと、何も行動できないでただ苦しむだけのことを一緒くたにしてしまっているからこその発想だった。耐えて済むようなお話でないことが分かっているなら、そのまま耐え続けるのはものぐさと同じだ。ただ本人は辛い思いを努力だと思い込んでしまっているから、付いてこない結果に対して見当違いな怒りを抱えるのだ。世の中はクレーマーで溢れ返っていた。

「……近所にな、やべぇジジイがいるんだよ。なにがやべぇかって、顔だよ。顔がもう、夢に出るくらい気色悪いんだ。多分働いてもなくて、そんで、そんなんだから近所の小学生にイジメられてんだ」

「どんだけ気色悪いんすか、そんなに言うなら見てみたいっすね。最近は気色悪いだけでイジメられるんすね」

「気色悪いだけでイジメられるのは昔から変わってねぇだろ」

「それもそうすね」

「……でな、そのジジイがな、使ってんだよ、出会い系」

「うわ、イマドキっすねェ」

加藤の言葉には嘲笑《ちょうしょう》が含まれた。それを見逃さなかった久野はネットの虚無どもの反応を見ているときと同じようににやついた。自分のかわいいかわいい厭世が、他者に蔑《さげす》まれる様は痛快であった。第三者の反応含めて土井という老人を遊び尽くしているのだ。

「でも、気色悪いジジイも寂しいんすね」

体だけは無駄にでかい加藤の低い声が、狭いカメラ室に放られて久野の頭蓋《ずがい》を刺した。

「……知らねえよ」

寂しいだなんて尤《もっと》もな言葉を使うのは、何だかとても胸騒ぎがしたのだ。久野は土井の画像を見せようと開いていた端末をそっと閉じた。

帰路につくと、大雨のような疲れが久野の体を襲った。土井のあれこれにかまけてろくに寝ていなかった上、夜警中も珍しく加藤が顔を見せたから居眠りできなかったのだ。買ってきた弁当を食う気も起きず、そのまま畳に突っ伏して目を閉じた。冬の空は寂寥《せきりょう》感に溢れる灰色を広げ、随分高い。そこに吸い込まれていく団地の生活音が形容し難《がた》いノスタルジックな異臭を放って、気が滅入《めい》るような、心が洗われるような、複雑な空気を漂わせている。神経を研ぎ澄ませれば、一つ下の階のすっぱい悪臭を感じ取ることができる。ベタついた畳のヤニ臭さを介して死にかけている老夫婦の腐臭が鼻腔《びこう》を満たした。いつかああなってしまうのだろうか。下の二人は夫婦だが、自分の場合は一人なのではないだろうか。考えたくないことを考えて発狂しそうになるのも病だと加藤は語っていた。自分は正常なふりをして少しずつ心を壊しているのだろうか。久野は心を壊すなんて甘えはしたくなかった。だからわざと恐ろしい将来について考えてみたりもする。自分が今馬鹿にしている老人に、自分もなっていくのだ。こんなに怖いことがほかにあるだろうか。職にも就かないで、服も着替えないで、小学生から迫害を受けて、ジジイとババアしか使わないチープな場所でケチ臭く、しかしがめつく性欲を吐き出そうとする。そして、何の楽しみもない中年たちの笑いものにされる化け物。これが地獄でなければいったいほかの何が地獄だと言うのだろうか。けれど、まだ大丈夫だ。久野は自分に言い聞かせる。今のままではそうなるかもしれないが、まだ自分は土井よりずっと若いし、仕事もある。土井よりも世間のことに明るいし、そもそもの寿命だって土井より長い。あの化け物を反面教師に生きれば、自分はその地獄を阻止できると頑《かたく》なに信じていたのだ。このために、土井が自分よりも劣《おと》っている箇所を見つける度嬉《うれ》しくなった。今だって脳裏を掠《かす》めた死の恐怖を、土井という救いようのない男がかき消してくれた。このお仕事は最早《もはや》、土井以外には果たせないかもしれなかった。

西日に顔を焼かれ、久野がゆっくり目を覚ますと、いつもの甲高い声が意識を覚醒《かくせい》させた。小学生どもが帰ってきて、また土井を追い詰めているのだ。若干の頭痛を引きずって窓辺まで行くと、アスファルトに蹲る老人の姿が期待通りそこにあった。首には縄跳びが括《くく》り付《つ》けられていて、犬のリードみたいにして片方の先を握る小学生がいた。その縄跳びも新しい物ではなく、幼稚園でみんな貰えた芋っぽいデザインのベテラン選手なのが虚《むな》しさを加速させている。絞まってしまわないように縄跳びと首の間に差し込まれた指は紫色になっており、ただやめてくれと絞り出す土井は犬以下の存在だった。しょうもない遊びを思いつくものだ。子どもという生き物はゲームもカードも優しい友人も働き者の親も持っていないと、老人いじめに走るのだろうか。土井にだって子ども時代はあったはずだが、そのとき土井はいったい何をして遊んだのだろうか。今のような最低な状態がずっと続いてここまで来たと言うのなら、さっさと楽になってほしいものだ。久野は憐憫《れんびん》を込めたまなざしで、それでいて軽蔑《けいべつ》の視線を送った。そして、あたたかい気持ちでもう一度惰眠を貪るのだ。

日も暮れて、またあの孤独の巣に出勤しなければいけない時間が訪れる。重い玄関扉を開けると、土井がいた。

彼は昼間見た縄跳びをまだ首に巻いたまま、縄の先を彼の部屋のドアノブに括り付けられてその場に座っているようだ。シャーペイのように重く垂れた瞼の隙間からじゃ瞳《ひとみ》はほとんど見えず、瞼の影がただ真っ黒く光を吸い込んでいて不気味そのものだった。久野は思わず声を上げそうになるのを堪えて、二、三考えて声をかけてみた。

「大丈夫か、じいさん」

真っ黒い影の奥で眼球がくるりと動いたような気がした。分厚いと言うより腫《は》れ上《あ》がって爛《ただ》れたような唇が緩慢な動作で何か言ったがまったく聴き取れない。

「なんだよ。聞こえねえよ。大丈夫なのかっつってんだ」

「……ああ、あの、大丈夫です、少し考え事をしていたら眠ってしまっていて、ああ、あの、ああ、大丈夫ですよ、どうもね」

すぐ下の階がつねに異臭を放っているから気づくのに遅れたが、土井からは強烈な便臭がしていた。縄から抜けられずにここで漏らしたのか、それとも普段から下着に糞を入れて生活しているのかは見当もつかないが、ひたすら惨めであることは言うに及ばない状況であった。久野は当然、疎《うと》ましく思ったり汚らしく感じたりしておらず、感動していた。なんて厭世的な現実なのだろう。土井が何かしたのだろうか？　なぜこんな惨めな目に遭わなければならないのだろうか？　目の前の老人の無惨な有り様をこうも見せつけられると、前世の存在を信じざるを得なかった。久野は心の中で土井のことを蝿の王だなんて揶揄《やゆ》したが、蝿の王ベルゼブブが象徴する暴食という罪の本質は暴食をする本人自体にはなく、飢えに苦しむ人々を救えないことにある。つまり、暴食が体に毒だとかそういう現代風な戒《いまし》めではなく、予《かね》てより功利主義者が吹くのを止めない共産の暴力なのだ。神様が考えてくれているのは暴食を犯した個ではなく、それ以外の全てだということが見て取れる。どちらかと言えば土井も久野も暴食の被害者だ。小学生どもも加藤もみんな負け越しの空《す》きっ腹《ぱら》を抱えた犠牲者だ。地獄に堕ちるのは罪を犯した者なのかもしれないが、地獄に堕ちる人間によって現世を地獄にされている生き物の方がずっと苦しく救いがなかった。あれもこれも前世の行いが悪いのだろうか。久野は負け犬なりに、自分で稼いだ金で暴食するのなら善行だと考えていた。暴食に限らず、贅沢《ぜいたく》が罪だなんて微塵も理解できなかった。腹を空かせている死にかけの浮浪者の目の前で食う飯はきっと、料亭で出てくる名前も分からない魚より美味《うま》いはずなのだ。久野は自分が八個目の大罪を作っていいのなら、綺《き》麗事《れいごと》をのたまって弱者を食い物にすることを罪と定めるだろう。ばっちい髭づらの自分からしたら、綺麗事なんてゲーなのだ。口蓋垂《こうがいすい》を引っ張って、トロトロになったお昼ご飯と一緒に吐き出してやりたい添加物なのだった。

「いつも、小学生にイジメられてるよな」

「……ああ、えっと……いやあ、どうなんですかねえ。いつも、じゃないですし、イジメられてるんじゃなくて……いやあ、あのくそがき……くそがきが……」

「やり返そうとは思わないのか」

「ああ！　……あっ、ええ、そうですね、そのうち……」

口いっぱいに何か頬張《ほおば》っているかのような煮え切らない口調だけで、土井がこれまでずっと暴力や嘲《あざけ》りの対象になってきた姿が想像できた。彼の与える不快感は天賦の才だ。久野も久野で明らかな弱者の前に気が大きくなっていたから「やり返そうとは思わないのか」なんて問いが出せたのだ。自分が土井の立場だったとしてやり返すなんてできないくせに、まるで社会を泳げる世間一般は普通やり返すかのような口振りをした。その実久野は社会を泳げはしないから、足の着く浅瀬でぎりぎり社会人風を装って暮らしているのだった。

「ナワトビ、解《ほど》いてやろうか」

「自分で……やれますんで……」

「……なんで、生きてるんだ？」

死んで欲しいわけでもないが、普通の社会人ならまず訊《き》かないようなことを口走ってしまった。土井を初めて間近で見て、もう楽になった方がいいんじゃないかと本気で感じ始めていたのだ。突然、顔見知り程度の男にそんな質問をぶつけられた方は勿《もち》論《ろん》困惑と苛《いら》立《だ》ちに顔色を失《な》くし、しばらく考え込んでから、口を開いた。歯並びの問題で閉じきらない口だ。

「……ああ、好きな人がいます。最近できたばかりです。それで…………最近は、忙しくてあんまり、返事がないですけど……若くてきれいな人ですよ」

久野は思わず天を仰いだ。仰ぐしかなかった。なんて奇跡だ、なんて酷い仕打ちだ、なんて愚かな生き物なのだろうか。土井という男は神様が作った奇跡の愚か者だ。まさか今の土井を突き動かすものがこの世のどこにもいない、久野という虚無の中にしかいない上等の虚無だったとは。待ちぼうけをさせたあのときから一切のメッセージは返していない。それでも土井は桜子に縋《すが》っている。耄碌しているのだろうか。あの仕打ちを都合よく忘れているのだろうか。数歩先で糞を漏らす半死半生の老人が、自分の嘘によって生かされている事実に血が沸騰してしまった久野は、喜ばしい感情の底から、騒然たる正体不明の恐怖が立ち上がるのを感じていた。

桜子のひと押しで、この老人を殺せてしまうかもしれないのだ。

珍しいことに、今日も加藤は不精せず出勤してきた。

「聞いてください、俺鬱だって言ってたじゃないっすか、でも鬱って種類があって、俺は躁鬱《そううつ》ってやつだったんす！　躁鬱ってのは双極性障害とか？　なんかそういう言い方もして、わかんねえなんかそういう名前に変わったのかもしんないすけど、つまりっすよ、鬱になるのとハイテンションになるの、どっちにもなるらしいんす」

だから二連勤したと言いたいのだろうか。囚人みたいな坊主頭《ぼうず》にある縫い痕《あと》が彼の知性を物語っていた。縫った痕に毛が生えないのは傷が深かった印だ。

「加藤お前、ハゲてるとこケガか？」

「えっ？　何言ってんすか？　これっすか？　これ、小学生のときのやつっすよ、ずっと前からありましたって。どんだけ俺のこと見てないんすか」

「そんなじっくり見んだろ。事故か？」

「……じィ、こ、っすね、確か。なんか多分単車にはねられたんすよ、小学校の帰り道で、めっちゃ怖かったんで覚えてます」

「違うだろ、親父《おやじ》だろ」

久野はカマをかけたのだ。加藤の頭の傷の話をするのはこれで五度目だった。何があったのか尋《たず》ねる度に違う回答を寄越すから、こいつは頭の傷を負ったとき同時に螺子《ねじ》を数本失くしているのだと見て酒を飲ませた。そのとき吐露したエピソードだけが記憶の底の本当なのだ。

「いやいやいや、単車す」

可哀想《かわいそう》な加藤少年は普段より早口でそう言って俯《うつむ》くのだ。久野はこの白い顔で俯く姿が好きだった。それだけでなく、真剣な顔でとんちんかんなホラを吹く気持ち悪い姿も好きだった。目も当てられない凄惨《せいさん》は、土井と同じく久野の心にじんわり暖かい火を灯《とも》してくれた。久野が他者に悪意を向けるときというのは、いつでも軸に自分がいた。暗い涸《か》れ井戸の底で膝を抱える可哀想な自分を、浮かび上がらせるための水が他人の不幸なのだ。永久に幸福になれるはずがなかった。

「病気だよ、お前は」

「言ってるじゃないですか」

「……そうだ、加藤。お前女に振られたことあるだろ。どんな感じに振られたんだ？」

「振られた前提っすか。いや、なんだろな……振られたこと、ないかもしれないっす……」

「嘘はいいって」

「いや、わかんないっす。告ったりしたことないんすよ。告ったり告られたりとかって何かもう、平成じゃないすか？」

嘘を言っている素振りはなかった。つまり久野はまた傷つけられたのだ。加藤からすれば仕返しのつもりではないからこそ残酷に、日陰者《ひかげもの》として三十数年生きてきた男のプライドに深く刺さった。ああ、自分はなんて言うか、凄《すご》く芋なのだ。考え方が日陰者で、取り残されていて、老いていて、芋なのだな。そういう感情は他人からすればどうってことのない些細《ささい》なきっかけで溢れてしまう。攻撃するのは得意でも、攻撃されることに対してはまるで耐性のない男なのだ。

これでは土井をどんな風に突き放せば効果的なのか分からないではないか。久野はつくづく空っぽな男だった。告白されたこともしたこともなければ、振られたことも振ったこともない。だからそういう文化全体のトレンドが移り変わっていることを知っているはずもない。ないないしかない、ゴミすら入らないゴミ袋だった。ゴミを入れる役目も果たせないなら、その袋自体がゴミだ。だがこのゴミは、たった今強烈な殺意を抱えている。

何がなんでも土井を殺したい。お戯《たわむ》れに遊び半分で好奇心から殺したいのだ。裏腹に、かなり強い気持ちがあった。強い殺人の動機なんて復讐《ふくしゅう》や私利私欲に限られるだろうが、久野の抱く曖昧《あいまい》な殺意だって立派な熱量を持っている。何かされたわけじゃなくとも死んで欲しい人間というのは存在するのだ。土井が憎いわけじゃない。憎いのはおそらく自分の人生で、かと言って八つ当たりなんて薄ら寒いものでもない。

植林のように豊かで前向きな感情の殺意だ。土井が苦しむ姿を見て心を救いたいというのは今までの考え方だ。今久野の脳ミソを駆け巡っているのはもっと動物的な自信や期待のチャレンジ精神だった。何もない、何も獲得してこなかったし、何も自分から行動を起こそうとせずここまで来てしまった自分が、夢中で桜子を生み出して一人の人間を虜にしてみせた。それがたとえ取るに足らない蛮行だったとしても、窓から駐車場を見下ろすだけの自分からは確かに抜け出せていたのだ。善悪や常識なんてきな臭いものとはふつに切り離したところで、久野が最近能動的だったという事実だけが異様な動力となっていた。幸福になるためには自分にとって居心地のいい場所を作らなければならない。居心地いい場所とは、自分の好きな物しか存在しない場所なのだと久野は考えた。ならば幸福の前提条件とは自分を愛することだ。久野は初めて努力をしようとしていた。自分を好きになる努力だ。とても立派なことではないだろうか。行動してみて初めて知ったが、能動的な自分は好きだった。だから土井を殺したいのだ。どこかの誰かが腹を痛めて産んだ子を、その本人が積み重ねた何十年を全部台無しにしてしまうなんて、とんでもない力を要するはずだ。成し遂げられたとき、久野はきっと自分を愛せるだろう。大量虐殺の犯人を殺せば英雄で、多くの病人を救えるお医者さまを殺せば大悪党だというのは算数のお話だ。なら死んだって誰も困らない、本人すらきっと困らない老人を殺すことは何になると言うのか。久野のそろばんは弾《はじ》かれることもなくそんなのどうってことないと答えを出した。

「え、なんですか。振られたんですか？」

「…………振りたいと思ってんだ」

嘘だァと生意気を零《こぼ》す加藤の顔は嬉しそうだった。

「振られた後なりやすい病気もいっぱい知ってますよ、俺」

病気オタクの加藤は無意味に病名ばかり集めているが、かっこ悪い物や使い勝手の悪い物は都合よく無視して生きている。ハイリーセンシティブパーソンは名乗っても、勃起《ぼっき》不全は隠すのだ。

久野は加藤が並べる病名の中で、もっとも馬鹿らしいと思っている一つを拾い上げた。

「振られたら鬱になって死ぬと思うか？」

久野の言葉はケチ臭く吐かれる煙に混ざって事務室に浮かんだ。

「久野さんに彼女いるとは信じてないすけど、万が一鬱にさせて自殺しちゃったら殺人っすよ。デリカシーまじでないっすから。久野さんが酷くて病むこと俺だってめっちゃありますもん。ほんとに気をつけてください！　優しくしてくんないと、辞めちゃいますよみんな。みんな脆《もろ》いんすよ、自覚すらしてない人もいっぱいいるんす。むしろ自覚してない人のがキケンっすよ、だってどんなことが原因で壊れちゃうか分かんないじゃないっすか。普通に生きててもあっという間に人生踏み外しちゃったりするんですよ」

殺人という優しい響きは久野の狭い背中を難なく押した。そして久野は鬱という漢字の複雑な出で立《い》ち《た》をぼんやり思い浮かべて、やっぱりちゃんとは思い出せないことに気づき他人事《ひとごと》のように笑った。

気分は高揚《こうよう》しているが心は冷静に凪《な》いでいる、まるでアスリートのような心境だった。帰宅後久野はしばらく殺し文句を思案したが、女から逃げ続けて生きてきた男に別れの切り出し方が分かるはずもなく、結局桜子のフリをするのはやめた。

《爺《じい》さん　いい年こいて目ェ覚ませよ》

これでも随分考えたがこれ以上の文言は出てこなかった。シンプルな一行には一枚だけ画像が添付されていて、これを選ぶのにもまた骨をおった。女優の画像から何か面白いものを探そうとしたりもしたし、土井の盗撮を貼り付けてやるのも面白いと考えたが、あれこれ迷った挙げ句分かりやすい悪意のシンボルとして陰茎の画像を添付したのだった。

久野はそれだけ送ると大仕事をやり遂げたかのような充足感に包まれ、返事が来るのを待つ間にすっかり眠ってしまった。間違いなく人生で一番幸せな眠りだった。

夢も見ないうちに彼の意識が覚醒したのは、滅多に鳴らない呼び鈴が仕事をしたからだ。何か頼んだ記憶もなければ誰かが訪ねてくるあてもない。居留守したっていいのだがこのときは機嫌が良かったこともあり、久野は素直に対応してしまった。いつもの通り、外に出る気を失《う》せさせる重いドアだ。普段、玄関を開けると腐臭が顔中にまとわりつくのだが、今はそれに、便臭が混ざった。

「あのう、ごめんください……向かいの、土井です……」

「あっ？　あっ、何……えーと、どうも」

思わぬ客人に面食らった久野は間抜けな返事しかできないで酷く動揺していた。自分を熱狂させた張本人自ら訪ねてくれるなんていったいどういうことだろうか。この前出くわしたときとはまた違う緊張が走った。

「あの…………この間はどうも」

「ああ、うん、縄から抜けられたんだな」

「……あのですね、おね、お願いがあって、あのう、お願いが……お願いをちょっと、きいてもらえませんかね」

画面越しのお喋《しゃべ》りな土井ではない弱々しい老人が、図々《ずうずう》しくもお願いをきいてほしいと口走った。たかが隣人に頼めることなど限られているだろうが、もしかすると隣人くらいしかものを頼める相手がいないのかもしれない。

「あー、いや、すまん。金は貸せない。同じ家住んでんだ、分かるだろ爺さん」

「いえ、いえ。金を貸してほしいわけじゃないですよ、ただですね、少し手伝ってほしくて」

「なんだよ、商材とかなら買わねえぞ。どっか行けよ」

「…………おたく、字は……得意ですか？」

予想外な問いかけだった。煮え切らない態度に苛立ち始めた久野を他所に、どうなっているのかよく分からない叉焼《チャーシュー》みたいな顔で土井は続ける。

「俺はまったく……苦手で」

字が苦手という発言よりも、その一人称が引っかかった。知性や品性の無さはある程度若さによって見逃されるが、年増がそれらを持っていなければ悲惨なものだった。そういう能力は経験を積むことが大切で、普通歳を重ねれば重ねるほど手に入るはずの要素だからだ。土井は自分を俺と呼ぶ。それだけのことが、どうにもみっともなく思えた。

「字が苦手ってなんだ？　俺だって字はうまくねェよ。なんかの書類を書かせる気か？　そういうのは本人が書かなきゃいけないもんなんじゃないのか？」

「全然字を知らないんです」

「お前そうだ、携帯とかパソコンとか持っ……持ってると思うんだけど、それを見て書けよ」

「目も悪いんです」

だからか、久野は息を呑んだ。桜子に送ってくる文章は誤字脱字が酷く、支離滅裂であることも多かったのを思い出したのだ。土井と言葉を交《か》わしているうちに、なんだか不気味な話の答え合わせをしているような感覚に陥《おちい》っていた。土井は伸び放題の眉《まゆ》を下げながら迷っているような素振りを見せ、あろうことか一歩前進し玄関に入り込んできた。久野が止める間もなく後ろ手で扉を閉め、紙を差し出した。

何も印刷されていない、白紙のコピー用紙だ。書き損じ用と合わせて二枚ある。

「漢字とか、分からなくて恥ずかしいんですよ。お願いします、俺が言うことを書いてください」

まるで屍《しかばね》が喋《しゃべ》っているような悪臭に仰《の》け反《ぞ》った久野は、一歩後退《あとずさ》りながら紙を受け取ってしまった。ここに来てやっと彼の異様な雰囲気に気がついたのだ。

そう言えば、桜子なんていないと現実を突きつけたばかりじゃないか。

「遺書を」

書いてほしいと、かすれた声がその場に落ちた。なんて重さだ。遺書だなんて、全ての書類の中で最もくだらないものを書かせようとしているのか。つい先ほどまで希望に満ちた殺意を向けていた老人が、まさしく人生を諦めようとしているというのか。

「遺書を？」

情けない声が出た。だって急すぎる。この間までなんてことない無力な日々を送っていたのに、たった一時の思いつきでここまでうまく行ってしまっていいのだろうか。自分が人を殺《あや》めてしまうことよりも、事がうまく運びすぎていることの方が怖かった。確かに死ねと思ったが、確かに死ぬように画策したが、死ぬことをわざわざ久野本人に教えに来てくれるだなんて、都合が良すぎて恐ろしいのだ。普通なら他人が目にすることなど難しいであろう遺書の内容まで筒抜けだなんて、少し幸運すぎてゾッとしてしまっていた。

「……ああ、爺さん、えーと、ああ、病気があんのか？　まあ、俺だって字に自信なんかないけど、それでもいいなら書いてやるよ」

なんとまあ性の悪い質問だろうか。病気で死ぬのではない。土井を殺すのはこの俺だ。そういう悪意と自信に満ちた問いかけだった。

折りたたみ式の丸テーブルをだして、久野は久方ぶりに鉛筆を手にした。土井はそこにいるだけで具合が悪くなるほどの悪臭を放ちながら腰を下ろし、影しかない目で手元を見つめた。

「書いたら、どうするんだ？　家族とかに渡すか？」

これも同じくらい残酷な質問だ。遺《のこ》す財産もなければ人物もいないのが土井という人間であろう。土井は静かに首を振って答えた。

「書けたらですね、森浦第三《もりうらだいさん》小学校に、投函《とうかん》します。それで俺は首を……くくります。そうすれば、問題になってあのガキどもを道連れにできます」

「は？　小学校？」

予想外の言葉だった。土井は桜子のことで死ぬ手筈《てはず》だ。なぜ今あのガキどもの話が出てくるのか。

「はい。書いてください、森浦第三小学校に通う山本悠真《やまもとゆうま》と、大城樹《おおしろたつき》と、金沢綺羅《かなざわきら》に、毎日毎日、殴られました」

「待て、待てよ、速い。待て、爺さん、近所のガキに虐められてるから、死のうって思ってるのか？」

「はい。殴られました、それから蹴《け》られました、書いてください」

「おい、本当に、本当にそれ、書くのかよ？　そんなことでいいのか？　いや……」

土井は真《ま》っ直《す》ぐ手元だけ見つめて、焦る久野など見えていないようだった。腫《は》れたような唇で、顔色一つ変えず言葉を紡ぎ続ける。

「自転車でひかれました。骨が痛く、病院には行かなかったけど行きたいくらい痛くて、夜仰向けになって寝られません。花火で焼かれました。怖かったし、服が燃えたりして、とても困りました。水をかけられました。その水は、ドブの水とか、便所の水でした。冬は寒くて、とても嫌でした。小便のときもありました。小便は直接郵便受けに入れられることもありました。とても嫌な気分になりました」

　機械のように喋る土井は不気味そのものだった。久野は聞き漏らさないよう必死に手を動かしているように見えるが、いつも見ていたのだから土井の口から聞かなくとも暴行の内容は書けるのだ。奇妙な気分だった。おぞましい時間が流れていた。

「待てよ、ゆっくり言え、それだけのこと……それだけのことで自殺するのかよ。本当はもっとなんか……あるんじゃねぇのかよ」

　もうずっと前から小学生の暴力に耐えていたのに、急にそれで死ぬなんてことがあるのだろうか。久野はそんなことあってほしくなかったのだ。土井は無神経で馬鹿で鳥頭で身の程知らずだから、銀蝿どもの暴力などすぐに忘れて女を探すような男だ。こんな急に自殺に踏み切るわけがない。久野は土井の自殺の原因を、小便臭い糞ガキどもに奪われるのが耐えられなかった。桜子だ。殺すのは俺の桜子だ。なんたって桜子は一瞬で生まれ、一瞬で土井を虜にし、一瞬で消え去った魔性の女なのだ。自信満々の我が子なのだ。久野は土井が挙げ連ねる銀蝿の悪行に嫉妬していた。お前らに殺されたんじゃ意味がないと憤っていたのだ。

「……本当は、いや、ないですね……」

「嘘つけよ、女に振られただろ」

「…………いや、振られてないですよ」

「じゃあ振られる以外のことをされたか」

「…………いいや？　いいや、されてないですよ」

突き放した本人が言っているのに、土井は桜子のことを健気《けなげ》に隠すつもりなのだ。ムキになった久野がいくら桜子の話を引き出そうとしても、出てくる気配がなかった。俯いて自分を守るように最低限の言葉だけ返す、この姿は何かに似ていた。そう、加藤と一緒なのだ。頭の傷の話を無理に隠す加藤と、桜子に付けられた傷を無理に隠す土井はまったく同じ弱者だった。久野の胸はすっと軽くなり、途端に愛しさが芽生えてきていた。そうか、人間本当に辛いことからは目を背けてしまうのだろう。だから加藤は親父ではない嘘の事故を沢山でっち上げたし、土井は憎しみを小学生へと向けた。本当に恐ろしいものや憎らしいものに背を向けて作り話に身を隠したり別のどこかを恨んだりするのは、弱い者が身を守るために必要なスキルなのかもしれない。傷つけられた相手にもう一度立ち向かって敗北すれば二度目はないのだから、それを恐れない者のことを強者と呼ぶのだ。恐れずに死んで行った場合でも、銀蠅も集《たか》れない立派な屍となるのだろう。小学生どもだって同じ弱者だった。学校で受けた屈辱や赤っ恥をそのままいじめっ子や教師に返せるはずもないから屈折した憎しみが土井のような最底辺を襲うのだ。

久野は己の金釘《かなくぎ》文字を眺めながらふとあることに気がついた。桜子はねじ曲がった憎しみの連鎖からうまく逃げ仰せているのだ。小学生どもはこの遺書で人生をめちゃくちゃにするだろうし、土井本人はその人生を終わらせるつもりだが、引き鉄《がね》となった極悪人である久野だけはのうのうと生き続ける。自信が湧いて仕方がなかった。なんて素敵なことだろうか。土井が死んだ後は、小学生どもの行く末でも見守るのがいいかもしれない。遺書を書く手が心做《こころな》しかリズムを刻んでいるようだった。

「前に言ってた好きな人に振られたんだと俺は思ったがな。違ったか」

たった数日好きだった女に振られて死に踏み切れるものなのだろうか。その辺は色恋に明るくない久野には想像のしようがなかった。

「……………あの、例えばなんですけど……ずうっと長い間惚《ほ》れてたんじゃ、なくてもですね……、その、好きになった間自体が短くてもってことですよ、それでも好きになるまでの間が物凄《ものすご》く長かったら……とても、苦しいと思います………いやあ、あ、俺のことじゃないですよ」

その言葉で久野は合点《がてん》がいった。つまり土井が桜子に出会ってからは短かったが、桜子を探している間というのは自殺に踏み込ませるほど膨大な時間だったのだろう。

（ああ、自分のやったことは自分から見えているよりずっと残酷なことなんだなあ。自分の実際に使った時間よりも長い時間を勝手に失わせたなんて、随分得なことをしたもんだ。俺にはこういう才能があったのか、運が回ってきたのか、とにかく、神やら仏やらに感謝したいような気持ちだ）

恐ろしいことに、久野は女のふりをして老人を騙《だま》し弄んだだけのことを大層な大仕事だと思い込んでいた。生まれてからずっと腹這《はらば》いの価値観しか持っていないものだから、視点が幾久しく低いのだ。地べたからでは、人間の尊さなど見えるはずもなかった。

「ああ、じゃあ何をされたかは全部書けましたかね……後は…………」

「縄跳びで首を括られてたこと、まだ書いてないな。それも書くだろ？」

「そうですね、それもお願いします。縄跳びで首を括られ、引っ張られて苦しくて、そのまま引きずられ、えーと、ああ、そうだ。玄関に括り付けられたんでしたね」

「それで」

「そのとき…………思ったんですよ、そういえば。死ぬときはこの縄跳びで首を括って死のうって」

「……それも書くのか？」

「ああいや、今のは雑談ですね……」

団地のどこかで気が遠くなるような金切り声が聴こえているし、お日様は遠くの方で心を病んでいる。こんな日には張り切るでもなく手を抜くでもない寒雨がうってつけだった。まるで世界中の失意を絞って馬鹿にしているみたいな温度だ。

「本当に死ぬのか？」

「はい、死にます」

「……止めるつもりはまったくないが、今なら間に合うのに死ぬってのはなんか……不思議な感じだな。事故とか病気以外で人が死ぬのって、案外見たり聞いたりしてこなかったんだ」

殺意を抱いている張本人が、死ねと願っている人間に向かって何食わぬ顔でこんなことを言えるのはたいへん気味の悪いことだ。しかし土井は久野が何を思っているかなんてまったく見当もつかないでいる。

「……不思議な感じは俺もしますよ……不思議です。でももう、決まってしまったんです。なんかなぁ、なんだろうなぁ、自分だって、死なないと死なないとは思ってないんですけど、ずっと死ねばどうだ？　と……いう、そういう、そういう道を見せられているような気分で生きていたんです」

「ああれか、鬱とか、なんだっけ、なんか知らねぇけどそういうやつか」

「いやあ、違いますよ。そんな簡単なことじゃないんです。俺は死にたくなくても、寿命なんです。勿論病気とかじゃないですよ。まァ、調べたら病気を持ってるかもしれませんがね、もうどこもかしこもガタガタなんでね。でもそういうことじゃなくて、なんて言うんでしょうかね、もう、長くないってのは分かるもんなんですよね」

「体調が良くないのが、分かるってことか？」

「いえいえ、だからそんな話じゃないんです。もう、これ以上生かしてもらえないだろうなって、勘づくんですよ。そんなときが、誰しも来るんですよ。誰なのかなあ。仏さんとか、そんなもんだといいんですけどね、お前はそろそろ死ぬべきだぞって言ってくるアレは、いったいなんなんでしょうね」

とても、耄碌ジジイの戯《ざ》れ言《ごと》には思えなかった。虫けら同然の弱者だと思っていた老人が語る死生観は、案外芯《しん》を食っていて重みがあり真綿で首を絞めるように久野の不安を煽《あお》った。そんなときが誰しも来るだなんて脅し文句、土井の上位互換みたいな生き物には一番てきめんなのだ。土井のようにならなければ自分は大丈夫、そう言い聞かせて生きてきた意味がない。

「じゃあよ、死にたくはないんだな」

「もう、分からないですね。ああ、そう書きましょう。死にたいのかどうかは、もう分からなくなってしまったと」

「分からなくなってしまいました、と……」

「はい。それから……四十年生きてきましたが、何もいいことはなかった………と」

薄いクリップペンシルを握る手がピタリと止まった。聞き間違いだろうか。今この老人は四十年と言った。この枯れ木みたいな男がだ。あのいかがわしいサイトに登録していた年齢は、確か三十五歳。五歳のサバ読みだとしたらあの手のサイトからすれば充分良心的な数字だ。でもまさか。ボケて自分の歳まで分からなくなったのか？

久野は目の前の老人の、重力に屈した皮膚を見て戦慄《せんりつ》した。

「…………………おいおい、爺さん四十って、遺書でまでサバ読むことはないだろうよ。どうせ死んだらほかのところからトシは割れるんだぜ。本当はいくつなんだ」

「四十ですよ。昭和五十七年生まれです」

「はあ…………………すげえ……すげえ顔だな……」

どう見ても六十間際の老いぼれだが、土井は本当に四十歳だった。久野は背筋が凍《こお》った。この男は自分よりずっと年寄りだと信じて疑わなかったが、本当はたったの三歳差だったのだ。自分が三年以内にここまで落ちぶれる心配はないと思いたいが、同時にたかだか三年先に生まれただけの男がこんなに悲惨な人生を歩んでいる様を末恐ろしく感じた。土井のようになってしまうまで、タイムリミットはずっと先だと思ってきたが、たった三年。三年後の久野はどうしているのだろうか。三年前土井は、何をして生きていたのだろうか。時間はこの世に存在する数少ない平等だが、意識すると必ず悪意を向けてくる畜生でもあった。

「短い人生でしたけど、つまらなかったのでもう、そりゃあ永い永い時間でした」

「……それは書く言葉のつもりで言ったか？」

「……じゃあ、お願いします」

気がつけば雨も金切り声も止《や》んでいた。代わりに子どもの泣き声が響いている。いったいいつから泣いているのか分からないほど嗄れているそれは、いつも赤ん坊の声ではないのだ。そこそこの知能が付いていて、残酷を噛《か》み締《し》めることのできる生き物が泣いているのだ。この団地はのべつ幕なしにうざったいペーソスがとっ散らかってそこらじゅう絶望まみれだった。その絶望の真ん中で、遺書を書いている。ほかの絶望にでかい顔をさせてたまるかという勢いを感じる、するどい絶望がここにはあった。

「遺書って、何を書かなきゃいけないとか、あるんですかね」

「さあなァ、書いたことも読んだこともねぇからな。今初めて書いてんだよ。でもお前のこれはよ、どちらかと言うと辞世の句っていうやつじゃないのか」

「…………なるほど…………辞世の句を詠んだことなんてないもんで、そんな大層なものが書けてるか分かりませんが……そうですね……今になってこう、人生が惜しいので、ついベラベラ喋りたくなってしまいます。……じゃあ、もう一言だけ付け足したりしても良いんですかねえ」

どうぞ、と顎《あご》で次の言葉を促《うなが》す久野に、土井は数秒考えた後口を開いた。

「…………死ぬのは恐ろしいですが、地獄から地獄へ行くようなものだと思えば、なんてことはないです」

「なるほど。死ぬのは、恐ろしい、ですが………」

地、まで書くと鉛筆を握る手が不自然に震えて、その芯を折ってしまった。勿論、オートレース場から持ち帰った安物の鉛筆だから折れたのではない。たった今折れたのはそんな量産できる代物ではないのだ。今、この団地の真ん中で、絶望の真ん中で、遺書の聞きとりの真っ最中、なんの前触れもなく折れたのは久野の心だった。

「じ………………………………………………………」

「はい、地獄から、地獄へ」

「じごくへ」

「行くようなものだと思えば」

「じごく、へ」

「なんてことは、ないです」

「……………………………………じごく」

久野には書けなかったのだ。地獄という漢字が。

最も惨めなこととはなんだろうか。家にも小学校にも居場所がなく、老人虐めで憂《う》さ晴《ば》らしすることだろうか。それとも育ちの悪さや頭の悪さを見逃してもらうため、必死で様々な病気を覚えたりして「自分は弱者だから優しくしてくれ」と思《おも》い遣《や》りの乞食《こじき》になることだろうか。あるいは生きているだけで人を不快にするような容姿に生まれ、カーストの一番下で底辺どもの標的になって首をくくることだろうか。そのどれもが違った。最も惨めなこととはただ一つ、自分が蔑み、こんな風にだけはなりたくないと思っていた化け物と自分が、さして変わらなかったと気づいてしまうことだ。

いくら記憶を振り絞っても、地獄の獄という漢字が出てこなかった。ただでさえ不格好な文字たちがそわそわと動き出し、早く書けと煽っては久野の神経を逆撫《さかな》でる。獄。難しいような気がしないでもないが、中学生で習う至って一般的な漢字だ。日常的に見かけることは少なくとも、普通の大人ならまず書けないということはない。久野はそれが書けなかった。そしてそれが書けないのはまずいことだと自覚していた。ど忘れしてしまったのではなく、そんな字を書いたり読んだりした覚えがまったくないのだ。久野にだって公正に中学生の時代があったが、全部自分でおじゃんにしてしまった。久野の行く道を阻《はば》んでくる輩《やから》などいなかったし、加藤の言うような病で勉強についていけなかったわけでもない。ドラマチックな挫折や涙なしでは語れぬ別れがあった覚えもない。本当になんにもなかった。すっからかんの青春をひっくり返してようやく見つかったのは、漠然としたおぼろげな怠惰だけだ。いっそ人生を踏み荒らす悪魔のような存在がいて、久野の進路をでこぼこ道にしてくれたらまだ良かったのだろう。傷を負ったところの皮膚が強くなったかもしれないし、反骨精神が芽生え悪路を進む覚悟を持ったかもしれない。そうじゃない久野は至って普通の下の中の域を出ない平坦《へいたん》な道があったのに歩行をやめてしまった不良品なのだ。誰に言われるでもなく、いつでも鼻の先には怠惰がくっついていた。

なぜ中学に行かなくなったのだろうか。理由がないのだから思い出せるはずもない。

なぜ母が無理をして行かせてくれた夜間の高校に行かなくなったのだろうか。理由がないのだから思い出せるはずもない。

なぜあの日意味なく誘いを断ってしまったのか。なぜあの日意味なく約束を破ってしまったのだろうか。なぜあの日意味なく昇進を蹴ってしまったのだろうか。なぜあの日意味なく優しい言葉を突っぱねてしまったのだろうか。ないないしかない久野には責任がない。これまではずっと、自分の物臭《ものぐさ》が招いた結果に目を向けるだけの筋力がなかったのだ。辛い思いなどしたことないくせに、傷つくことを怖がって何でもかんでも後回しにしてきたのだ。目の前に現れる全ての課題を、成長の機会を、全て未来の自分に押し付けて生きてきた結果がこれだった。チャンスは生ものだ。大人になるころには腐って、後からどうにかすることなんてできるはずがない。怠惰は、返しようのない借金だった。コンクリートに埋まったってどうにもならない時間の前借りなのだ。

一番不幸な人間にはきっと、恨んだり嫌ったりするカタキがいない。物語の主人公は皆、誰にも邪魔されていないのに不幸になることなど有り得なかった。と言うのも幸福になる資格のある人物にとって不幸は試練で、敵を討つことにより強者に相応《ふさわ》しい幸福を得るのだ。不幸なんて重苦しい名前をした華やかでスリリングなチャンスでしかなかった。その点、自業自得で不幸になった人間など魅力がなくて誰も支持しない上、そんな奴が幸せを手に入れる所なんてドラマとしてつまらない。久野はその他大勢だった。エンドロールに名前など載らない有象無象だった。誰の涙も誘わない、いてもいなくてもいい人間だ。目も当てられない残酷はそういう生き物にこそあると散々考えていたのは久野自身である。本当の絶望など、金を払って映画館で見る奴はいないのだ。本当の不幸は誰にも見てもらえない。そこまで含めて不幸なのだ。

「どうか、しましたか?」

土井の声にハッとして我に返る。目の前には洗濯機の中で書いたような汚い字が並んでいる。獄という文字を書かなければ。暖房もない部屋で久野は全身に汗をかいていた。視界がどんどん狭まってブラックアウトしそうになる。獄、簡単ということも、難しいということもない絶妙な日本語のはずだ。なぜたった一文字書けないだけでこんなにも我を失いそうになっているのか久野は不思議だった。ああ、なんだっけ、鬱と、鬱に似た病気があると加藤は言っていたんだっけ。久野は初めて加藤の気持ちが分かった。こんなに無力なら病気であってほしいのだ。なんの原因もないのにただできないことが多すぎるなんて恥ずかしくて生きていられない。平凡で無傷の無能が許してもらうためには病名が要る。怠惰も病気にならないだろうか。飯を食ったり酒を飲んだり賭《か》け事《ごと》をしたり、インターネットの中の、それもとりわけ古い社会で掃き溜めの一員となったり、働いているふりをしたり同僚に意地悪をしてみたり、他人が堕ちていく姿を見て悦《よろこ》んだりすることはできる。しかしそれ以外はまったくできなくて、親が悪かったとか教師が悪かったとか大切な人に裏切られて心を壊したとかいう過去もない。全てなんのきっかけもない怠惰でも、病名を貰えないだろうか。人生がうまく行かないのが全て自分のせいだという事実は本当に受け入れ難かった。成長をぼんやり怖がって、漠然と大人になってしまった。何が怖いのかも知らず、何が痛いのかも分からず、自分が間違っていることすら直視しないで大人になってしまったのだ。これが一番怖かった。久野は今年の五月で三十八になる。土井の死ぬ歳まで、ほんの少しだ。

地という漢字の横には、なんだかよく分からない、根性焼きみたいな漢字が並ぶことになった。獄とは読めないし、鬱とも読めない架空の漢字だ。そんなこと土井には分からないから、満足そうにサッと目を通して小さく礼を言った。これから死ぬというのに礼が言える土井は、最早久野よりずっとできた男のように見える。

「じゃあこれで、心置きなく逝けます。本当に……面倒かけました」

「おう」

「お元気で」

「おう」

加藤は言った。みんな脆いと。その脆さを自覚していない人間の方がよっぽど危険で、どんな原因で壊れてしまうか分からないと。普通に生きていたって、あっという間に人生を踏み外してしまったりするのだと。

錆びた扉を肩で押し出ていく土井の背を見送った久野は、もう一度鉛筆を握った。

天獄

例えば、意地の悪い雨晴れの下で、隣の区にだけ出た大雨警報を妬《ねた》むように、例えば、松葉杖《まつばづえ》をついて登校したクラスメイトへ羨望《せんぼう》のまなざしを向けるように、例えば、神秘的な白さを放つアルビノの存在に憧《あこが》れるように。誰の心にも存在し得るいけで無力な不謹慎は、そのまま罪とカウントされることもなく静かに生きている。それがほとんどの大人にとっての普通であった。決して、ショーの最前列に座る車《くるま》椅子《いす》を羨《うらや》んではいけないのだ。しかし車椅子の彼らには、立ち見ができる人間の健康を羨む資格がどうやらあった。

細貝菜々子《ほそがいななこ》はここ最近、ろくに眠れないでいた。二十歳で産んだ息子はもう夜泣きなんてしない歳《とし》になったし、この広い家を建てた夫は単身赴任でずっといない。恐ろしい姑《しゅうとめ》もいなければかわいらしいポルターガイストもない。ただ一点彼女の精神を脅かしているのは赤の他人が産んだ子どもの存在であった。

向かいの邸宅には息子と同い年の希桜《きお》という少女が住んでいる。希桜は菜々子にとってなんと言うか、どうしようもないくらいフィクションめいた娘なのだ。

ずばり希桜は大人よりずっとうまくバイオリンを弾《ひ》いた。雨覆《あまおお》い みたいな指で弦を押さえて、おもちゃみたいな分数サイズから透明な音を出すのだ。ただ単に間違わないで弾けるとか、難しい曲が弾けるとかそんな低次元に彼女はいない。素人の鼓膜にまで雑念なく届くフラジオは、光のない世界からはじき出されているのだ。菜々子は希桜が先天的な全盲であると知ったとき確かに哀《あわ》れんだが、あの演奏を聴いてしまった後は不謹慎を承知で心から感動した。小説や映画の登場人物のように、ドラマチックな少女だと、憐情《れんじょう》などかなぐり捨てて強く〝良《い》いこと〟だと感じたのだ。希桜の努力も両親の苦労もまったく想像ができないのだから当然だった。菜々子は他人のことを、他人の人生のことを推し量ったりしなかった。自分以外の生きものにだって等しく時間が流れており、等しく血が流れていることなど頭では理解できても、具体的に思い描けないのだ。だから不幸も苦労も結果だけを見てカッコイイと羨んだ。彼女に言わせれば早死にしたスターたちは早死にしたから箔《はく》がついたし、暗いバックボーンを持つラッパーも難病と闘うアーティストも出自や病気というマイナスのスパイスによってストーリー性やカリスマ性を生み出しているに過ぎないのだ。菜々子は生きている人間を物語の登場人物だとはっきり勘違いしていた。だから差別を受け虐待を受け難病を抱《かか》え大切な人を亡くしている上で才能のある者たちに手放しで面白みを感じている。ただの恵まれた天才にはドラマがないし、ずるい感じがするのだ。ずるい上に、つまらない。民衆は、天は二物を与えずという言葉を好んで、もっと言えば一物を与えた代わりに一物欠けていることを望んだ。例えば同じタイムで走ることができるスプリンターが二人いたとしても、平凡な家庭に生まれ平凡なエピソードしか持たない者より、ハンデや傷を負っている方に憧れた。その二人の努力の量がピッタリ同じであっても、痛みの量がそっくり等しくても、平凡な人間の平凡な努力など想像する気にもならないのだ。平凡な菜々子は、五体満足に生まれどうでもいい半生を過ごしてきた平凡様の視点から、生き辛《づら》い人生を背負う者たちにロマンを抱いている平凡の中でもとりわけ凶悪な平凡だった。

そんな彼女が最も嫌うものとはなんだろうか。山も谷も知らないで緩《ゆる》やかな平和を消費し続ける端役《はやく》でも、地獄から這《は》い上《あ》がって頂点に上り詰めようとする主人公や七枚目でもなかった。彼女は、平地でも奈落《ならく》でもない中途半端《ちゅうとはんぱ》な泥濘《ぬかるみ》で、落ち着くことも戦うこともできないお道化《どうけ》の出来損《できそこ》ないみたいな生き物のことをなにより恐ろしいと感じ、嫌悪していたのだ。まことに残念ながら、かえって皮肉に滑稽《こっけい》ながら、彼女の息子こそそれであった。

希桜という少女は誰が見てもすぐに理解できる視覚のハンデを背負っている。骨のように美しい白杖《はくじょう》は、ごく自然に彼女の一部でありながら存在感と背景を語った。同情する者はいても疎《うと》ましく思う者はそうそういない。だが菜々子の息子である太陽《たいよう》は、希桜とは真逆の性質にあったのだ。太陽はほんの少しだけ、言葉を話し始めるのが遅かった。コミュニケーションを大切にしたかった菜々子は懸命に息子の瞳《ひとみ》を追いかけたが、水面を這《は》う油のように焦点は母を拒絶した。母だけでなく、それ以外の誰とも目は合わせなかった。自分の息子は内気なんだと言い聞かせ個性として受け入れていた菜々子も、度々対人関係でお叱《しか》りを受けるようになった太陽を疑い始めた。彼は彼にしか理解できない理不尽な理由で癇癪《かんしゃく》を起こし、嘘《うそ》をつき、他人を排斥するのだ。

はじめに太陽がぶち当たった壁は席替えであった。小学校にあがり、最初に与えられた席は五十音順で決められたものであった。窓際でも廊下側でもなければ最前でも最後尾でもない席だったが、彼は固くそこを〝自分の席〟と認識し、席替え後の位置を受け入れなかったのだ。担任の教師が丁寧に説明しても、周囲の児童が困惑の色を見せてもまるで意図が通じず、己の行動について違和感を抱く様子すらなかった。太陽の世界ではつねに、おかしいのは他人であった。煩わしいのは娑婆《しゃば》の全《すべ》てで、エラーを吐《は》いているのはルールの方なのだ。頑として排他的に振る舞う我が子に、とうとう菜々子は恐怖した。うちの子は少しヘンかもしれない。末端から引いて行った血の気が、いっぺんに脳へ集まってカッとストレスを煮詰めはじめる。焦慮は心から奪った温度で青い火を焚《た》くのだ。夫は頼れなかった。厳密に言うと充分だ。金銭的な側面から言うとここまで頼りになる男性はそういないだろう。菜々子はそう感じていたからこそごく冷静に、金銭以外を期待していない。だからクラスでの奇行は夫に隠し、タタキにでも入るかのようにして小児科へ駆け込んだのだ。たかが席替え程度で神経過敏になりすぎだと訴える自分もいたが、それを押《お》し退《の》けて不安要素を取り除きたいと叫ぶ自分がいたのだ。このとき菜々子は妙な気持ちになった。愛息に病名なんてついてほしくはないはずだが、病名がつかなかった場合はどう釈明すれば良いのだろうか？　時に病名はそれ単体でやさしい赦免の鍵《かぎ》となってくれるのだ。病気なら仕方がないと、誰かを許した経験は菜々子自身に多くあった。愛する恋人に記念日を忘れられたのなら怒る権利も悲しむ権利もあるが、曾祖母《そうそぼ》に名前を忘れられたってそれを責めるわけにはいかないのだ。つまり恋人は普通の健常者で、曾祖母は認知症の入った弱者であると皆が理解しているからだ。ならばと菜々子は賭《か》けに出た。太陽が疾患を持って生まれてきたとしたら、太陽が今まで行ってきた乱暴な痴態に言い訳ができるのだ。健康であってほしいと望む前に、無罪であってほしいと強く願う女であった。そんな不謹慎でおたんちんでべっぴんな菜々子を、神様だかお医者さまだかは嘲笑《あざわら》った。細貝太陽はなんの疾患も持たない健康児だったのだ。ようするに、ただ己の性格の問題だけで愚行を繰り返す知能の低い生き物だったということが証明された。性格や要領が悪いだけでは世の中に優しくしてもらえない。至極当然の診断結果に、若い母親は絶望するしかなかった。自分の息子は特別なんかじゃなく、ましてや平凡にも手の届かないネズミ色をしたオタマジャクシだったのだ。外から見ても中から見ても輝いている部分は見つからなかった。

「病院に来たこと、だれにも言わないでね」

力ない母の言葉に、太陽は返事をしなかった。けれどあの日確実に、自分のせいで母親を悲しませているという感覚だけが張り付いていた。その感覚はコンクリートに溶け込まんとするガムさながら真っ黒な影となって、今でも太陽の喜怒哀楽の容量を影の分圧迫している。母と息子だけが知る、名前もカテゴリもハッシュタグもない無《ぶ》様《ざま》な黒星であった。

菜々子は希桜の存在を、自分の息子がただ周囲に合わせられない無名の生き物だと認めた後に知っている。息子は病気を疑うほど欠落した部分があるが、病名はなく傍《はた》から見ても分からない。一方誰が見ても分かるハンデを抱えながら、同時に誰が見ても分かる才能を持っている希桜は、菜々子がまさしく求めていたドラマチックなお子さまであった。なんと羨ましいことか。いつからか、いや、最初から菜々子は、希桜を病《やまい》ごと羨んでいた。それこそ病的にだ。広いシーツに横たわり目を閉じると、猟奇的なトレモロが彼女の神経を刻むようにして走った。勿論《もちろん》幻聴だが、幻聴の水底で弓を握っているのは確かに希桜なのだ。どうしてあの美しい音を奏《かな》でているのが自分の子でないのだろう。いったいどんな教育をしたらあんなに脚光を浴びられるのだろう。出産自体には強いランダム性があるが、教育は親の才能だ。太陽が周囲にとけ込めない児童であることを、菜々子は全て自分一人の責任のように感じていた。せめて病気であれば、遺伝子の半分を担う夫にも非があったと思えたのに。太陽の人格を形成したのは間違いなく自分なのだ。パパもじいじもばあばも、子育ての芯《しん》の部分には触れていなかった。いつも美味《おい》しいところだけ、息子に好かれるイベントだけ選《え》り好《この》みして請けていくのだ。何かを買い与えるのは、彼女以外の家族のお仕事だった。何かを奪い、叱るのが菜々子のお仕事であった。いつ、どこで、なにを。してやらなかったから、あるいはしてしまったから？　己に責任を感じているのは、その実他者の無責任さを嚙《か》み締《し》めている証拠であった。

　幻想のブルックナーに眠りを妨げられたまま、いつのまにかデリカシーに欠けるお日様がカーテンの裾《すそ》から手を伸ばしていた。天気とは対照的な、暗澹《あんたん》たる朝の時間が始まろうとしている。太陽はこだわりの強い児童であった。何か一つでも気に入らないことがあれば、もうその日は丸一日うまくいかないのだ。彼は気に入らなかった事象のほつれから一心不乱に繊維を搔《か》き出《だ》して穴を広げ、まったく台無しにするのが得意だった。

「太陽、起きよっか」

　ご機嫌を伺《うかが》う、菜々子の情けない声が投げかけられる。返事はないが、大抵の場合その一言で大人しく朝の支度《したく》を始めてくれるのだ。菜々子は三百六十五日、同じ朝食を作った。バターロールを二つ焼いて、インスタントのスープを入れるだけの簡素なものだが、皿やカップ一つ変わればそれが口に運ばれることはないのだ。太陽は野菜ジュースを飲んだコップには躊躇《ためら》いなく炊《た》き出《だ》しの麦茶を注ぐが、スープの注がれるカップに自分のイニシャルが入っていなければ大声を上げた。いつも、彼本人にしか分からない細かなルールが蜘蛛《くも》の巣《す》のように張り巡らされていた。母はそこを器用に渡るのだ。決して息子の機嫌を損《そこ》ねないように、狭い地雷原を抜き足差し足、己の勘だけで歩く毎日だった。

「今日ママ会の日だから、夜ご飯美味しいもの買って帰ってくるね」

「蒼《あお》くんのママと?」

「うん。蒼くんのママも来るよ。いつものメンバー。四人くらい」

いつものメンバーの中に希桜の親はいない。これは菜々子にとって喜ばしいことだった。希桜の母親とは挨拶《あいさつ》程度しか交《か》わしたことはないが、慇懃《いんぎん》でありながら嫌味のない、品の良い聖人であった。そうでなければきっとあんな娘には育てられないのだろう。そういうなんの根拠もない浅い憶測は、いつもほとんど願望であった。でも多くの欠落を抱えた人間は、穴ぼこのない美しい人間の赫赫《かっかく》たる曲線なんて見続けていられないのだ。ママ会のメンバーはお互いがお互いをどこか見下しあってやっとバランスを保《たも》っていた。生活に余裕がある上若く美しい菜々子の穴ぼこは、夫がずっと帰っていない所と、息子の太陽が悪い意味で浮いているという二点だ。この二つを裸で提出してようやくほかの母親たちの輪に入ることが許された。

「今日絶対話したかった話があってね、もう先にグループラインで言おうかずっと迷ってたんだけど」

食い気味に話題を切り出すのは決まって咲茉《えま》ちゃんママだった。たかだか千円そこらで長居しているファミレスに対して空調がどうだの茶渋《ちゃしぶ》がどうだのと苦情を入れられる図太さの彼女は、自分を棚に上げることが得意なため他人の失敗には目がなかった。だから二ヵ月に一回ほどあるこのママ会にも飽きることなく周囲の噂《うわさ》を掻き集めて持ってくるのだ。

「咲茉から聞いたんだけどね、美森《みもり》ユウって知ってる？　咲茉の行ってるダンススクールにいる子で同じ三年生らしいんだけど、その子オーディション番組に出るらしくてスクールの教室にカメラマンとかが一緒に来てるんだって」

「美森ユウって知ってるよ！　なんて番組？　知らなかったんだけどそんなのやってる？　なんのオーディションなの？」

こういうときに食いつくのが蒼くんママだった。彼女は語尾にお印程度疑問符をつけて形式上の悪意を隠すのがクセだ。

「ネット番組なんだって。あたしはユウくん？　のこと知らないから興味なかったんだけどもしかしたら咲茉も映ってるんじゃないかって思ってねー。勝手に顔とか映されてたらいやでしょ？　それで旦那《だんな》と咲茉と番組みてるんだけどさあ、あっ、スターボックスってやつ！　今検索してみて！」

菜々子が言われるがまま番組名を打ち込むと、サジェストにはほかの出演者と思われる名前や、〝やらせ〟〝出来レース〟などネガティブなワードが続いた。

「炎上してる感じですか？」

「炎上って言うか……菜々子ちゃん、こういう番組はワザと炎上させに行ってるから、炎上とかすぐ出るわけよ。やらせってのも当たってると思う。台本あるでしょーねえ」

「そのユウくんって子の名前も結構ありますね。あっ……なんかあんまり見ちゃダメな感じかな……一度も太陽と同じクラスになったことない子だから全然知らなくて」

「あたしはよく知らないけど咲茉は嫌いって言ってたよ」

出た、と菜々子は思った。菜々子以外の二人も思った。今のは咲茉ちゃんママの常《じょう》套句《とうく》なのだ。あくまで自分の感想ではないが、娘がそう思っている、という理論からは潔白の娘を盾にした見え見えの攻撃性が臭《にお》った。咲茉だって母親と同じ型番で作ったような刺々《とげとげ》しいいじめっ子の猿だ。母親から輸入した思想をまた母親が娘越しに世間様へ漏らしているに過ぎなかった。くだらなかった。菜々子は咲茉の母である彼女を、「咲茉ちゃんママ」としか呼ばないし、正しい名前も覚えていない。それどころか蒼くんママのことも蒼くんママとしか覚えていないし、さっきからずっと愛想笑いしかしていないもう一人のことも奏海《かなみ》ちゃんママとしか呼んだことはない。菜々子の人生が映画だとすると、彼女たちには誰の母親であるか識別するための役名以外付いていないのだ。学校で配られる名簿で見たかもしれないし、繋《つな》がっているSNSで見たかもしれないのだが、エキストラの名前に興味がある人間なんていないのと同じで正しく記憶するなんて不可能だった。だが希桜は違った。菜々子の人生の中で強烈な存在感を放つキーパーソンなのだ。当然母親の名前も空で書けるほど明確に記憶している。向こうが菜々子のことを太陽くんママとしか認識していないとしてもだ。菜々子は解《わか》っていた。自分はたとえ自分の人生であろうと決して主役ではなかった。この先どんなお芝居を続けようが手遅れだと。手遅れだが、母になった今もう一度チャンスは回ってきたのだ。太陽であれば私の主人公になれる。菜々子はそう考えることにした。こんなのは非の打ち所がない神秘の閃《ひらめ》きのようで、誰だって思いつく鼻元思案な妄想だった。

「オーディション番組じゃなくてもさ、なんかそういうメディアに自分の子ども出したいって思う？」

黙《だんま》りだった奏海ちゃんママがはたと投げかけた。

「いやぁ、うちはないない、あんなの誰が見てるか分からないし。このオーディションのやつみたいにどこの誰かも分かんない人に好き勝手言われたくもないよ」

「そうなんだ？　咲茉ちゃんは目立つの好き……目立つの得意そうだけど」

「本人が目立っちゃうタイプなだけだよ！　親は心配なんだから」

咲茉は確かに目立つ方だが、周囲の目を奪っていると言うより注意が自分に集まるよう横柄に振る舞うクセがあると言った方が正しい。アドトラックの猥雑《わいざつ》な呈色《ていしょく》に目が眩《くら》むのと、金環日食の幻想的な輪っかに釘付《くぎづ》けになるのでは明らかな差があるのだ。奏海ちゃんママはそれをわかって咲茉ちゃんママに語らせた。こういう不毛な薄墨の悪意は向けられた本人にだけ届かず菜々子と蒼くんママにはしっかりとその色を見せていた。別に恨みがあるわけではない。みんなこうして楽しくお茶をする仲だ。

だからこそ奏海ちゃんママが土台から皮肉好きであることを露呈《ろてい》していた。菜々子にとってはこれも瑣末《さまつ》なことであった。誰と誰が険悪になろうがその矛先が自分の息子にさえ向かなければそれでいいのだ。パッシブな構えで争わない、積極的に消極的でいるような姿勢は、あまり頭の良くない彼女が唯一花丸を貰《もら》える賢い立ち回りの手法であった。

「それで言ったら菜々子ちゃんのとこの太陽くんだってテレビ受けすると思うな」

咲茉ちゃんママは自分の話ばかりにならないよう便宜的に乱暴なパスを出すのだが、それを受けさせられるのは大抵菜々子だ。

「えっ、太陽がですか？　無理無理、テレビとか、そんなんじゃなくてもお喋《しゃべ》り苦手なんですから……絶対無理」

「お喋り苦手でもキャラが立ってるから美味しいよ！　オーディション番組でもああいう子って絶対一人はいるし重宝されるよ」

「ああいう子」

「あぁ、ああいう、ほら、良い意味でね」

笑顔でうまくパスを受けたつもりの菜々子だが、飛んできたのは鉛玉であった。皆一様に視線を泳がせる。各々テーブルのはげた塗装と見つめ合えば、さっきまで気にも止めていなかったほかの席の喧騒《けんそう》が際立つ。視界の端《はし》で顔色をなくしているのは、今日だってヴァンクリーフを首に提げてきた勝ち組の佳人「太陽くんママ」だ。

失言の後特有の、如何《いかん》ともし難《がた》い沈黙がものの三秒続けば日頃溜《た》め込《こ》んでいる鬼胎が射創から溢《あふ》れ出《だ》した。太陽は無意識のうちに見下されている。悪気がないからこその失言だろう。太陽は〝ああいう子〟なのだ。難しい日本語はいらないし、先進的な病名もつかない。特別視するには価値がないし、お道化と呼ぶには面白味がない。菜々子の被害妄想がこうやって病的に腫《は》れ上《あ》がるのは、彼女が孤独だからだ。いくら美しい花でも、小さなプランターから出られなければ自分の根っこで溺《おぼ》れるしかなかった。大地に根を張って他者と繋がれない限り、己の妄想が杞憂《きゆう》であれ真実であれ正解に辿《たど》り着《つ》くことはできないのだ。

「かわいい顔してるからね。太陽くん。菜々子ちゃんに似てさ」

「えっ、言われたことないですけど、似てますか？　ありがとうございます……」

蒼くんママが苦《くる》し紛《まぎ》れに投げかけたそれは見え透いた嘘だった。太陽はどちらかと言うと父親似で、どうでもいい顔をしている。映画の主演を張れるほどの華もなければば誰かの記憶に残る個性もない。全員がおべっかだと気づいたが、菜々子本人は嬉《うれ》しかった。母親の目では自分の息子を客観視することなど不可能であったため、いつも第三者の声に振り回された。もし「あなたの息子はまともな子なのよ」と言う人が菜々子の目の前に現れれば病院になど行かなかったかもしれないし、「特別な子なのよ」などと言われていたらオーディションに連れていったかもしれないのだ。たとえ、目の前の息子とまともにコミュニケーションをはかれなくとも、きっとそうした。節穴だった。菜々子の杏眼《あんがん》は秋波を送るためにあって、物事を正しく見る機能は付いていないのだ。結婚をゴールに設計された彼女は、エキシビションで慣れない子育てをさせられて苦しんでいる。

酷《ひど》い味のパスタを無理くり嚥下《えんげ》した帰り道、バス停から菜々子は奏海ちゃんママと二人になる。頭から爪先《つまさき》までモールで買《か》い揃《そろ》えたような彼女と、頭から爪先までデパートで買い揃えたような菜々子が並んで歩く。あかぎれの手が握るローグと、控《ひか》えめなヌーディネイルで握るラゲージ。子どもという鎹《かすがい》がなければまず繋がらなかった二人だ。これは咲茉ちゃんママにだって蒼くんママにだって同じことが言えた。

「菜々子ちゃん……菜々子ちゃんにだけ言うけどね、あたしあの番組知ってたの。奏海が寝たあと観《み》るのが今の楽しみ」

「えっ、あの最初の方で話してたオーディション番組ですか？」

「そうだよ。検索したらすぐやらせとかって出てきたけど、番組始まったときからあだし、あたしもやらせだと思ってるし、コメントもしてる」

「コメント？　えっ、なんかその、番組のサイトとかにですか？　あっ、コメント欄？　ユーチューブとかにあがってるんですか？」

「ううん、普通に番組の感想言うサイトだよ」

「あっ……そういう……」

つまり奏海ちゃんママが言っているのは番組の愚痴《ぐち》を書き込むことを目的とした匿名掲示板のことだろう。菜々子はそういうサイトを見る方ではないが、存在はなんとなく知っていた。知っていたからこそ驚いたのだ。本来匿名掲示板に書き込んでいるだなんて他聞を憚《はばか》る趣味のはずだ。それを嬉々《きき》として話すなんて、よっぽどの世間知らずか馬鹿《ばか》だ。そしてもう一つの可能性として、やっぱり菜々子のことを特別に軽んじているのかもしれない。一体嬉しそうに何を書き込んでいるというのだろうか。

「そこでね、例のユウくんも結構話題に上がるんだよー。やっぱちょっとでも知ってる子が他人様《ひとさま》に見られてるのって面白いね」

自分の娘は絶対にメディアに出ることなどないと分かっているからこその楽しみ方であった。人が安全圏から石を投げるとき、その石は大抵下方から投擲《とうてき》されるものだ。下等な生き物と見下しているつもりでも、実際には磔《はりつけ》は有象無象より上に設置されているのだ。そこにあるのは死んだって永遠に何物にもならない生き物と、たった今傷を負いながら注目を集めている生き物の差だ。菜々子は石を投げる気にはなれなかった。善人なわけではない。石を投げられている対象と、自分の息子を重ねて怯《おび》える臆病者《おくびょうもの》なのだ。因果応報《いんがおうほう》などという悪質な嘘を信じきって、悪いことをしたら返ってくると考えた。自分で自分の首を絞めるそれを厳密には因果応報と呼ばないのだ。陰徳陽報を信じ善行を積む価値はあるかもしれないが、因果応報に期待して背中を丸めるのは無駄であった。頭の悪い菜々子はおまけに、悪いことをしなければ酷い目にも遭わないと勘違いしていた。だから辛《つら》い目にあったとき必死で自己を省みて、自分が悪かったと思い込み自我を保った。これも性《さが》であった。何の罪もない人間が被害者になったというニュースを見て、何の罪もない人間として事実を拒絶するのだ。何の罪もない人間が被害者になるような世界であってほしくないから、何の罪もなかったはずがないと被害者の穴を探す。共感力と呼ぶには随分身勝手なわがままは、やはり菜々子の被害者意識の強さを物語っていた。勧善懲悪を望み、甘ったれた奇跡を願っているのだ。誰かの陰口《かげぐち》を聞いて気が滅入《めい》るのも、陰口を叩《たた》かれている本人を案じてのことではない。陰口ひとつひとつ、なべて自分に向けられている妄想が始まるのだ。だから強い言葉を使われると苦しくなるし、罵詈《ばり》雑言や嘲笑《ちょうしょう》が零《こぼ》れる器官の色形、その場の空気感全て敏感に嗅《か》ぎ取《と》り具象的なイメージに起こした。どこから見たって無意味な自傷行為であったが、傷つくことは菜々子にとって最大の自己防衛にもなり得たため、止められるはずもなかった。傷つけられる前に傷を作って、できる限り鎖帷子《くさりかたびら》のような成熟瘢痕《はんこん》を纏《まと》う。その上に付けられた傷ならば、原因のことなど考えずに済むのだ。傷がいつまでも痛いのは、傷ついた瞬間のことをしつこく思い出すからだ。全て鎌鼬《かまいたち》のせいにできてしまえば、滲出《しんしゅつ》液が糸を引いていたって時間さえあれば簡単に忘れてしまえた。二束三文の思想だが、心の傷とはそういうものであった。菜々子はどうも、痛いのが苦手な女なのだ。

暮れ方には帰路に着いた菜々子は、エントランスベンチに腰を下ろしながら太陽の靴がないことに気がついた。この時間帯であればとっくに帰っているはずだが、何かあったのだろうか。すぐにそういう思考回路に至るのは、太陽に放課後遊ぶような友達などいないからだ。菜々子が人一倍悲観的なのか、それとも幼《おさな》い子どもがいればみんなこうなるのかは定かではないが彼女は瞬時に事故や誘拐などの惨事を一通り想像する。悪いニュースに映る自宅や親族からのお叱りの電話、近所から向けられる白い目。謂《いわ》れのないゴシップと憂鬱《ゆううつ》な後処理。分厚い本を一気に捲《めく》るようにそんなシーンを思い浮かべてから、太陽に友達がいないのと同じくらい自分に頼る人間がいないことに気がついた。さっきまで会っていた「ママ友」など菜々子にとっては気の置けない友人とは呼べないし、夫も姑も実の親も、すぐに駆けつけてくれる望みなどない。むしろ、息子に何かあるのは全て自分の責任だと考えていたため何か問題が起きただなんて知られるのも恐ろしかった。隠蔽《いんぺい》しなくては。息子の粗相は今までだって、なるべく人目に触れないように包み隠してきたのだ。太陽が産まれるまでは、菜々子だって他人に頼ることができたし、支えられてもきた。それが当然だった。菜々子という存在の責任の半分は自分の親にあるから、赤の他人に寄りかかるとき自分がかけている重さは事実の半分で済んでいるのだ。ところが太陽の責任の半分を背負っている今、自分が背負う重量は自分自身の罪咎《つみとが》に太陽の分まで加わっている。太陽は愛《いと》しい我が子の形をした、身から出た錆《さび》なのだ。外野を見る気も起きなかった。

菜々子は誰かに電話をかけるでもなく真っ白な頭でシューズクロークを開いた。息子がそこに靴を仕舞ったことなどないが、何かの間違いで、彼特有の気まぐれで靴の置き場所を変えただけだと、薄い可能性に賭けたのだ。置き型消臭剤の化学的な匂《にお》いがレザーに混じって顔を出すと、そこには意外な物があった。

(上靴だ)

黄色いソールに書かれた〃ほそがいたいよう〃の文字は、間違いなく自分の筆致だった。

「……太陽?」

おそるおそるリビングに向かって声をかける。一拍置いて、何事もなかったかのようにドアが開いた。

「なに?」

「太陽! なにって、なんだいたんだ……びっくりしちゃった……おかえりは?」

「おかえり」

「うん、ただいま。えっと、この靴なに？」

「うわぐっ…………」

そんなことが訊《き》きたいわけではない。なぜ上靴があるのか、なぜシューズクローク に仕舞ってあったのか、なぜ今朝履いていったはずのスニーカーはないのか。不審な点が休み無しに湧《わ》き出《で》てくるが、当の本人は白々《しらじら》しいお芝居を続けて母親と目を合わせようとはしない。何か隠し事があるのだ。

「朝学校行くとき履いてた靴はどうしたの？」

「……知らない」

「知らないじゃないでしょう、怒らないから言って？」

「いや……知らない」

「腕引っ掻かない！」

太陽はバツが悪くなると左腕を引っ掻いた。そのピンク色をした掻き傷がみっともないから、菜々子はつい強い口調で叱ってしまうのだ。あの白い線がじんわり血色を得てピンクに変わっていく様を止められないのがどうにも情けなくて、彼女の非力さを煽《あお》るのだ。落っことした生卵が引力に平伏《ひれふ》して個体から液体に変わるのを、ただゆっくり眺《なが》めているような絶望感があった。

靴がなくて上靴で帰ってくる理由なんて、菜々子には一つしか思いつかなかった。誰か意地の悪い他所《よそ》の子に隠されたか、捨てられたのだ。あるいは汚されたり、盗まれたという線も考えられる。視界の光量がきゅっと絞られた菜々子は、真っ黒い目で膝《ひざ》をつきこう思った。

（ついにこのときが来た）

ついにだなんて思うのは、彼女が誰より息子を周囲と比べて劣位にある存在と捉《とら》えているからだ。この世の誰より太陽を認めてやらなくてはいけない人間が、この世の誰より彼を否定していた。その実自分を否定しているのだ。いつかはこうなると思っていた。なぜなら息子は悪意を向けられて当然の存在だから。そういったあんまりな考えが絶えず菜々子の脆弱《ぜいじゃく》な神経を這いまわって支配した。不思議なことに、菜々子はこれを心のどこかで求めていたのだ。いつ辛い目に遭うか分からなくてずっと苦しみ続けなければならないのなら、間を置かずに傷を負ってしまいたいというどうしようもないペシミスティックな発想だった。

「どうして靴を、上靴を片してたの？　いつもはさ、いつもは……しないよね、そんなこと。いつもは靴、仕舞わないもんね？　なんで？」

「知らない」

「上靴なの、ママにバレたくなかったんだよね」

「知らない知らない知らない、あー、あー、知らない知らない知らない」

「……………ママ戸川先生に電話する」

「えっ」

このままでは遣る瀬無《やるせな》さを我が子へぶつけてしまう。そう思った菜々子はすぐさま受話器を手に取った。暖簾《のれん》のような担任教師の姿を思い浮かべると一気に気が滅入ったが、仕方がない。あの教師に何もできなくとも、今動くことが重要だ。無機質なリングバックトーンが心臓を無遠慮に圧迫する数秒間、菜々子は脳内で何度も一言目を反芻《はんすう》した。今から話す一言目を。

「はい」

「あの、あの、三年四組の、細貝太陽の母ですが」

「はい、太陽くんのお母様、どうなさいましたか」

「……あの、ええとですね、今日、今、あの、さっき、ああ、今日帰ってくると、あぁいや、今日帰ってきた息子が靴を、履いてなくて」

「靴を？　はい」

「はい、それで、あっ、靴ってその、今朝履いていった靴を履いて帰ってこなくて。あの、それで、上靴を履いて帰ってきて、きてしまっていて」

「ああ、なるほど。履き替えるのを忘れてしまったんですね。別にそれくらい構いませんよ。明日きちんと持ってきてくれたらそれで」

「えっと…………」

担任の戸川は菜々子がしどろもどろになるのも気にせず呑気《のんき》にそう言った。受話器の向こうで天井のシミでも見ながら適当に受け応《こた》えしているような声色だ。履き替えるのを忘れただなんて。あまりの脳天気な発想に癇立《かんだ》った菜々子はここで退《ひ》いては好転しないと踏んで語気を強めた。

「先生？　分かってますか？　そんな間違いすると思いますか？　小学三年生ですよ？　それに、今までだって上靴で帰ってきたことなんてないんです。おかしいと思いませんか？」

「おかしいとは……」

「本当に太陽が、うちの子が間違えたって言うんですか？」

「でも、間違えてないならわざとそうしたと言うことになりますが」

「先生？　本気でおっしゃってるんですか？」

もういいです、そう叫びそうになり電話を切った瞬間、背後にいる太陽が菜々子の脳裏を過った。振り返ると仰向けで廊下に寝転がり、お行儀悪く壁に足をついている。母親が自分のことで取り乱しているというのに上の空でダウンライトのＬＥＤを睨《にら》んでは目を瞑《つぶ》ったりを繰り返して、瞼《まぶた》の裏の血管を見ていた。緑や紫の血管が、頭上で青筋を立てている母親より優先されているのだろうか。劣性遺伝の直毛が、今は不気味にフローリングをくすぐった。

「壁が汚れるからそれやめて」

「あっ、電話終わったの？　戸川先生なんて？」

「電話じゃどうにもなんないから、今から学校に行くよ。靴下履いて」

「今から？」

母は求めているのだ。起承転結に則《のっと》った安寧《あんねい》を。破邪顕正に憧れて、今以《もっ》てメルヘンに行動すればいつかは救われると信じている。本来いるか分からない加害者のことなど想像したくはなかったが、それでも菜々子にはズオウとヒイタチが必要だった。弱者にとって不幸は、悪がいなければ忽《たちま》ち自業自得と罵《ののし》られ冷や飯を食わされる罰と成るのだ。そもそも不幸とも呼んでもらえないかもしれない。菜々子は理由がないのが怖かった。別に悪が人間の形をしていなくてもよい。悪が確実に存在していて、悪が確実に存在していることを第三者に認知してもらえることが重要だった。何事にも理由がないと、解決も修復も望めないのだ。心当たりのある青痣《あおあざ》は放っておいたってやがて消えていくが、原因不明の影はステージが進行するまで顔を出さないものだ。他人の不幸については表紙だけを指で撫《な》でて軽んじ、値踏みし、糅《か》てて加えて羨んだりもする。しかし極論、菜々子は自分事になれば灼然《しゃくぜん》たる痛みに安心する性質であった。痛みを誰より恐れているからこそ、そのトリガーに固執するのだ。

乱暴に車をつけて、二人は三年生の下駄《げた》箱へと走った。もう日は落ちかけていて、校庭で遊ぶ生徒も見当たらない。年季の入った下駄箱は、中学年の背丈《せたけ》に合わせた微妙な高さでそこにあった。

「これだよ」

太陽が自宅のシューズクロークに隠したのと同じ、黄色いソールの上靴が若干無秩序に肩を並べている。懐《なつ》かしい光景だ。かわいらしいそれらの中に、太陽の黄色はない。当然、履いて帰ってきたからだ。ではいったい、本来太陽の上靴が仕舞ってあるべきそこには何が入っているのだろうか。

「これだよ、はい、あったでしょ」

息子が差し出したのは、見慣れたスニーカーであった。朝履いていったまんまの、ごく普通のキッズシューズ。菜々子は無言でそれを手に取ると神妙な面持ちで隅々《すみずみ》を確認し始めた。いたずら書きはおろか、汚れや傷もほとんどない綺麗《きれい》な靴だ。男の子ならもう少し汚れていたって不自然ではないくらいだ。

「……なんでそんなみるの？」

「えっ、ごめんね！　あの……これ、あれだよね、ほんとに太陽のだよね」

「何言ってるの？　そうだよ？」

確かに太陽の言う通り、外靴は見つかったのだ。しかし菜々子が探しているものは見つからなかった。

「意地悪されたんじゃないの…………？」

彼女は学校に来れば、当然のようにいじめられっ子の靴が見つかると疑っていなかった。それはつまり、汚れている靴のことであり、ゴミ箱に入っている靴のことであり、あるいは見つからない靴のことだ。今見つかったのはそのどれでもない。

「……してた」

「……え、なに？」

「ぼーっとしてたから」

だから本当に、上靴で帰ったと言うのだ。菜々子の心配はいずれも杞憂に終わった。いじめっ子なんてものはいなくて、いつもの不注意が大袈裟《おおげさ》に転がっていたに過ぎなかった。

なんだ良かったと笑い飛ばせる女なら、そもそも無理に学校まで押しかけはしない。ぼんくらな息子のかわいいお間抜けを目の前に頭を抱えている菜々子は、悲しいくらい余裕のない生き物であった。どうして。どうしてそんなうっかりしているのだろうか。太陽はやはり、どこかおかしい子なのだろうか。肩を並べる雛《ひな》のような上靴の群れを背に、菜々子は息の詰まる所懐を繰り広げた。たった一度靴を履き替え忘れただけでここまで思い至る菜々子の方がよっぽどおかしいことには自分一人で気づけるはずもなく、また消化不良の自責と他責がお腹《なか》の底に溜《た》まっていくのだ。そんな母をどう思っているのか、いまいち表情の摑《つか》めない太陽は黙ったまま駐車場の方を見ている。もう帰ろう、そういう意思表示であった。

そんな折、後方から気の抜けた声が投げられる。

「ああ、すみませんお母さん。こんな時間から御足労いただいて」

不愉快な木版画作品で覆《おお》われたエントランスの壁に、細い影が立ち入る。担任の戸川であった。

「いえ……あの、すみません、私こそ……急に押しかけてしまって」

「いえいえ。太陽くんが靴を履き替え損ねたのか、そうじゃないのかというお話でしたよね」

「あ…………それは、あの、もういいんです、すみません本当に……ご迷惑おかけしました」

「あっ、もういいんですか。それなら良かったです」

「……あの、先生。太陽は……普段、どんな感じですか？」

「そうですねえ、特に問題はないと思いますが」

中学年に上がった太陽は、それ以前と比べて大人しくなっていた。少しずつ菜々子の求める「普通」に近づいているのかもしれないし、音もなく段々と駄目になっているのかも分からない。

「クラス……クラス全体としては、どうですか？　あの、ぶっちゃけいじめとか、無視とか仲間はずれとか、あるのかなって……私、失礼なこと訊いてますか？」

「いえいえ、気になって当然のことですよ。でも、そうですねえ……細貝さんが思っているほど、今の小学生の間にいじめは流行《はや》っていないと思います」

この教師は決していじめがあるともないとも言わない。流行っていないと言ったのだ。菜々子はわずかに怪訝《けげん》な顔で聞き返す。

「……流行り廃《すた》りがあるものなんでしょうか」

「少なくとも、今のクラスで誰か一人が除《の》け者《もの》にされたり、暴力をうけたり、そういうことはないですよ」

「物を、隠されたりとかも？」

「ある物に気づくのは容易《たやす》いですがない物に気づくのは案外難しいので、絶対とは言えませんが」

「はあ、そうですか…………」

教師という生き物は大抵イエスもノーも言わなかった。ハッキリした発言を避けるのは、責任から逃れるため身についたスキルなのだろうか。他人《ひと》さまのお宝である子どもを一人で三十五も抱えているのだ。銀行なんて比じゃないほどに責任が伴った。

菜々子はせめて親くらい正常でありたいと願っているが、戸川からすれば靴の一足で血相を変えて殴り込んでくる親など異常のお仲間だった。しかし、太陽が虐《いじ》められていないというのは事実である。それなりにおかしな子だという認識は子どもたちの中にあっても、今一つ危害を加えるには至っていない。

「昔は貧乏とか、親の職業とか、あとは本人の性質なんかがいじめの原因だったと思いますが、今はそうですねえ……私も詳しくはないんですが、SNSで無視をしたとか、ゲームでずるをしたとか、発端はそういうことの方が多いみたいです」

「あぁ、確かに聞きますね、そういうトラブルはたまに……もう少し上級生の子とかから。太陽はそういうの、してないから安心？　なんですかね」

戸川の適当な励《はげ》ましをまんまと真に受けた菜々子は、太陽の現状を思い返してすっかり愁眉《しゅうび》を開いた様子だったが、その適当な言葉にはほんの少し引っかかった。昔……彼の言う昔がどれほど前のことを指すのか定かではないが、昔は確かに今より残酷な理由がいじめの起点となっていたはずだ。戸川は〝本人の性質〟と言った。菜々子が小学生のころ、脱毛症でいじめられている生徒がいた。病気のうつるうつらないの判断ができない子どもに、大人が誰もきちんと注意しなかったからだろうか。それとも、あのころ大人は菜々子たちを正しく叱ったのだったかしら。充分な説明を受けてなおいじめが続いていたのだとしたら、アイスクリームディッシャーで掬《すく》ったくらいの脳みそしか持たない子どもらには感覚的な理解ができなかったのかもしれない。あるいは、病気がうつらないと分かっていた上で止めなかったのだ。卵から孵《かえ》ったばっかりの生き物に善悪を説いても無駄だった。誰かを虐める者がその行為を悪と理解していてもやめられないのなら、厳密には理解できていないのだ。十理解してもやめないのなら、一も理解していない者となんの差もない。大人だって同罪だ。百を理解させせられないのなら、一も理解していないのと変わらなかった。本来知徳合一を説くには親や教師じゃ信憑《しんぴょう》性に欠けたから、百五十年ほど生きているウミガメにでも任せてしまえたら良かった。ハイドロフォンを通して、人間のひよっこどもに善悪を叩《たた》き込《こ》むのだ。

菜々子は、性質と聞いて真っ先に一人の少女を思い浮かべた。美しい白杖と人生を歩む彼女のことだ。希桜はハンデを背負っているが、いじめやそれに似たトラブルの類《たぐ》いが起きたという話は聞いたことがない。咲茉ちゃんママだって希桜のネガティブなゴシップを持ってきたことはなかった。教室での希桜は、いったいどんな立ち位置なのだろうか。菜々子には想像がつかなかった。

「例えば、体とか頭とか、まぁどこでも、どこか悪い子っていますよね。そういう子がターゲットにされたりって、今はないんですか？」

あまりに遠慮のない、と言うより配慮のない投げかけであったが、戸川の表情は変わらず呑気なものであった。

「うーん、今のところと言いますか、少なくとも三年生の間には見かけないですね」

「……すみません、おかしなこと訊いて」

「いえいえ、色んな子がいますから」

「太陽は、悪い子だと思いますか？」

その〝悪さ〟が何を指すのか。とても他人様には見せられないような形相で菜々子は問いかけた。問いかけの形をとった尋問であり、懺悔《ざんげ》にも似た身勝手な悲鳴であった。ほとんど無意識だった。戸川の背後では木版画が電灯の安っぽい光に照らされて、いっとうおぞましく映った。この木版画には運動会なんてご立派なタイトルがついているが、描かれている人物は皆業火のド真ん中で渦を描く罪人のような顔をしている。太陽は毎朝この作品から目を逸《そ》らすのだ。

「良い子ですよ」

「………即答されるんですね」

その即答の真意は摑めないが、どうせそれ以外の返答は受け付けていなかった。嘘でもいいから、誰か他人の口から肯定の言葉を聞きたいのだ。本来ならば夫の役目であった。

帰り道、無言の車内では太陽の貧乏揺すりが目立った。体操服から投げ出された赤い膝が踏切《ふみきり》の点滅に合わせて上下していた。

「靴あってよかったね」

「………靴あるって言ったのに」

「うん、あったね、ごめんね。早く帰ってごはんしなきゃね」

「ごはん今からつくるの？」

「ううん、買ってあるからすぐだよ」

「つかれた」

車窓に顔を近づけ霜をつくり、太陽は何かを描いている。なんでもない、数秒で消えるいたずら書きは、彼が一秒だってじっと座っていられないことをただ表していた。そして疲れた、と言ったのだ。お腹がすいたではなく、疲れたと。気を張っていたのだ。母親が早とちりで担任教師に摑みかかっていかないかどうか。エントランスに敷いてある泥落としの人工芝を眺めるふりで、戸川と母の会話に耳をそばだてていた。

「……疲れたの？」

「んー、うん」

ステアリングに置かれた指が力なく震えていた。菜々子は今日、息子を信じなかったのだ。うっかり上靴で帰宅した太陽と、それを嘘だと決めつけていじめがあると逆上し、学校へ乗り込んだ菜々子。息子はおかしいだなんてどの口が言えるのだろうか。これでは、おかしいのは自分の方ではないか。太陽の疲れたという一言で、菜々子は悲しいほど自覚した。

「ママも疲れた…………」

謝罪の代わりに零れた反論は、幼児性だけを残した最も原始的な謝罪にもとれた。最早《もはや》誰に許しを得たいのか不明だが、彼女はつねに宥恕《ゆうじょ》を求めていた。太陽は菜々子の枷《かせ》の役割は果たせど、菜々子の贖宥状《しょくゆうじょう》にはなり得ないのだ。残念なことに彼女もそんなことには薄々気づいていたが、いつかのお医者さまが下さらなかった流石《さすが》の手帳の類いのことは贖宥状だと信じて疑わなかった。

惣菜《そうざい》を掻き込む我が子をボンヤリ眺めながら、菜々子は今日あったことを思い返していた。いつものように咲茉ちゃんママはボス猿で、奏海ちゃんママは陰湿で、担任教師は適当で、息子はお間抜けで。そして自分は最低だった。何もかもうまくいかなかったのは、きっと今日に限った話ではない。スポーツに精を出した後のような清々《すがすが》しい疲労感ではなく、アウトレットで惨敗した後のようなやり切れない徒労感が花粉みたいにまとわりついている。自分の分の夕飯は、温める気さえ起こらなかった。太陽が見ているテレビからは、ゲーム実況の暴言が音割れして響いている。あんな暴力的な映像を見せるために買ったテレビではなかったはずだ。

「ママその人嫌い」

返事はない。それどころか太陽はわざとらしく大声で笑って見せた。どうしてそんな嫌味ったらしい返事ができるのだろう。嫌味なんて教えたことはないはずなのに。なぜ母の言うことは聞かないで、インターネットの世界の誰かの言動は真似《まね》るのだろうか。太陽の出来が悪いと言うことは、そのまんま菜々子の出来が悪いと言うことだった。だから息子に腹が立つ度、菜々子は自分自身を嫌悪していた。

これは本当にかわいいのだろうか？　紙のフォークで小洒落《こじゃれ》たデリをぐちゃぐちゃに刺す目の前の子どもに、段々と焦点が合わなくなっていた。太陽はこんな姿だっただろうか？　キンと耳鳴りがしたかと思えば、離陸時のような耳閉塞感《じへいそく》が菜々子を襲った。他愛《たわい》ない、よくあるストレス性のものだ。うるさいゲーム音は遠のいて、水中からリビングを見渡しているような感覚に陥《おちい》る。本当にあんなのが自分の息子なのだろうか。かわいいかわいいと自分に言い聞かせているだけで、本当はあれを嫌っているのではないだろうか。泣きそうになる菜々子の視界の隅《すみ》でスマホが光った。解像度の低かった目の前が薄紙をはぐようにピントを合わせ出して誰かから連絡が来ていることを知らせる。

〈菜々子ちゃんお疲れ！　今日途中なんか変な雰囲気になっちゃってごめんね〉

蒼くんママだ。それより先の文章は未読のまま読むことができないが、冒頭で菜々子に詫《わ》びていることは分かった。〝なんか変な雰囲気〟とは咲茉ちゃんママの失言のシーンを指しているのだろう。蒼くんママはマメで細やかな気遣《きづか》いのできる人だ。菜々子はそう感じていたが、今はその思《おも》い遣《や》りすら自分の駄目さを際立てているようで劣等意識を煽った。頭の中で返信の文章を組み立てながら通知をタップする。そこには菜々子が思い描いていたよりずっと長い文章が届いており、疲れた脳は記事みたいな長文に拒絶反応を示した。

コーヒーをいれようと思って沸かした湯を透明なまま啜《すす》って、既読をつけてしまったそれと向き合う決心をつける。同性とのやり取りは苦手であった。彼女たちは基本、減点方式なのだ。ミスを犯せば取《と》り繕《つくろ》ったって取り戻せない世界に身を置いている菜々子は、これまで男に送ってきたテンプレートのような会話の楽さに思いを馳《は》せた。単細胞は良い。どんな大袈裟な言葉も世辞と取らず、自信たっぷりにそのまま吸収してくれる。菜々子には到底できないお仕事であった。

落ち着いて届いた文言を噛《か》み砕《くだ》いてみると、ざっくり今日の謝罪とフォローの後に妙な言葉が続いていていた。

〈興味なかったら全然断ってくれていいんだけど、菜々子ちゃんは子育ての悩みとかって誰かに話せてる？　私のお姉ちゃんがシンママで、娘もちょっと変わった子で悩みが尽きないらしくて、そういうのを共有できるママ会に入ってるんだけど、もしよかったら紹介しようか？〉

文章の後に、そのママ会とやらのチャットグループへのリンクが貼《は》ってあった。今でさえいっぱいいっぱいなのに、また新たなコミュニティに入っていってうまく立ち回れる余力は菜々子にない。それに、この〝シンママ〟というのは失言だ。菜々子には夫がいる。精神面ではいないのと同じでも、金銭面では確実に幇助《ほうじょ》されているのだ。一緒にされたくないと思うのは傲慢《ごうまん》で正当な訴えであった。

菜々子がそれより気になったのは、ちょっと変わった子、という部分だ。そんな言い回しをするのだから、おそらく良い意味ではないことが窺える。どの程度苦労しているのだろうか。太陽と比べて、どっちが。他人と比べることは不幸への近道なのだ。菜々子は半狂乱でその近道を邁進《まいしん》するマゾヒストであった。上を見たって下を見たって救われないから、やがては後ろを向いてしまう。戦略的撤退ではなく、無計画な敗北がいつも耳許《みみもと》で愛を囁《ささや》いた。こと弱者にとって敗北はルーティンで、現状維持は唐突な幸福より身体《からだ》に良かったのだ。いつ取り上げられるかも分からない幸せなど、なにがあっても離れてくれない惰性の不幸より信用がなかった。敗者はきまって高所恐怖症で、たった一段幸福の階段を登るだけで足がすくむのだ。

どうせ変わっていると言っても、太陽よりはやりやすい子に違いない。菜々子は自慢げに諦《あきら》めを持ち出してそう結論づけた。だったらいっそ、他人さまの悩みがどの程度のものなのか見てやろうか。今日の菜々子は酷く疲れていて、自暴自棄な誘惑がいつもよりデカい顔をして寄りかかっていた。人はこうして判断を誤る。菜々子は左様な傲慢と軽い気持ちでリンクを踏んでしまった。

そのママ会グループには五十人程度のメンバーがおり、子どもの年齢も小学生だけではなさそうだった。アイコンやステータスメッセージにはママたちの年齢が如実に表れていて、やはり惹《ひ》かれる要素は一つもない。こんな所に自分の居場所などない、そう思いブラウザバックしかけた菜々子の指が止まる。こんな所とは、いったいどんな所なのだろうか。こんな所にすら居場所がない自分は、最終どこへ行き着くのだろうか。

「太陽」

「………なに？」

「太陽が……一番好きなお友達って、誰？」

息子は答えた。考える素振りも見せないで、ただ一言。

「自分」

なぜ、自分だけが。こんなに悩まなくてはならないのだろう。ほとんどの人間が考えているゴミみたいな問いが水面からぬっと顔を出した。自分だけがだなんて思うのは馬鹿特有のうぬぼれで、無能が祟《たた》って浮かび上がる優しさの欠けらもない雑菌の入った疣贅《ゆうぜい》だ。

根源から恐怖を支持するのはいつだって末梢《まっしょう》的孤独である。菜々子は簡単に屈して、幾度となく道を誤ってきた。そしてこれからも東西を失ったまま歩いていかなくてはならないのだ。踏み外した一歩目で彼女は、件《くだん》のママ会グループへと入っていった。

あれから菜々子は、暇さえあれば新しいママ会のグループチャットを眺めるようになっていた。役立つ情報が飛《と》び交《か》うわけではないが、その代わり目を覆いたくなるような凄惨《せいさん》な日常が繰り広げられていたのだ。

〈うちの子、あれだけいじめには加担してないと言っていたのに主犯格だった証拠が出てきました。信じられない。相手の娘さんはそのせいで学校を辞めてしまい、どう責任を取っていいか分かりません〉

〈息子が毎朝一番にポストに走っていってて、なにか届く度焦るから怪しいと思ってたら裁判所？　事務所？　から手紙がきました。ネットでインフルエンサー？　に誹《ひ》謗《ぼう》中傷してたらしく、そんなことで？　と思ったら教えたこともないような暴言を吐いてたってデータがきてて、開示請求ってやつですよね、解決金の額の相場わかる人いますか？　今提示されてる額払わせられたら暮らして行けません……〉

〈ユニフォームなくすの今月で三回目なんですけど流石に虐められてますよね、絶対。顧問の先生自体がすごい威圧的で誰に相談していいのか……。旦那がいないとこ

ういうとき無力さを感じます〉
この問題のどれもが、すっきりと解決するわけではない。だがここではそれが正解だった。みんな吐き出すことが目的で、共感してもらうことや同情してもらうことが重要なのだ。期待という作業のない構造は見晴らしが良く便利だ。解決を放棄しているわけではなく、解決の概念を問題の出力及びそれが第三者の目に触れることそのものへとスライドしているわけだ。甚だ〝ママ会〟らしい結論だった。
美しいものや趣のあるもの、面白可笑《おもしろおか》しいものや感動的なもの、正と負で分けたとき必ず正に分類される様々に目を向けるのは、体力を消耗した。だから余裕のある生き物の特権で、必ずしも全ての人間が正の要素に光を見出《みいだ》せるとは限らない。それができない者たちが進んで消費するのが負のコンテンツである。心身共に疲弊しきって上を向くには首が痛いとき、下なら楽に向くことができた。他者を羨む自分には嫌悪しても、他者を蔑《さげす》む自分にはなかなか嫌悪しなかった。その行為の悪性に気がついていないからだ。ここには不幸自慢はあっても自慢はない。ひとりひとりが傷を見せ合っては癒《い》やされる告解室であった。
菜々子はこの会をてっきり被害者の集まりだと思っていたが、蓋《ふた》を開けてみれば加害者の親が半数を占めているようだった。今までは被害者になることばかりを恐れていたが、太陽だって充分に加害者の素質がある。ことが起こったとき被害者は勿論、外野の野次馬は太陽の性格なんて微塵《みじん》も理解していないはずだ。情状酌量《しゃくりょう》の余地などないだろう。そう思うと背筋が凍《こお》った。子どものくせにという言葉は聞かなくなったが、同時に子どもだからと言って許される時代でもなくなりつつある。日々ママたちから聞かされる地獄のようなエピソードは未来の自分なのだ。太陽を守りたければまず、太陽から太陽以外の全てを守る必要があった。母親に求められるのは実現不可能な英雄性だ。家庭を守るついでに社会なんかを守らなくてはならないキテレツな時代なのだ。

菜々子は特に発言しなかったが、全ての書き込みを細大漏らさず読み込んでいた。毎日チェックしていると愚痴の多い人少ない人、悩みの重い人大袈裟な人、間違っている人正しい人、凡《およ》その人間模様が段々見えてくる。この日も菜々子は退屈なテレビになど目もくれず、特別なママグループの動きを追っていた。

〈こんにちは。グループに招待してくれてありがとうございます。うちには小学六年生の双子ちゃんがいてどちらもＬＤですが毎日幸せにやってます。どうぞよろしく〉

菜々子のときもそうだったが、新しいメンバーが入ってくるとしばらくはその人の話題になる。今書き込んだのは自分の子どもをアイコンにしているタイプの人だ。LDというのは菜々子も調べたことがある。おそらく学習障害のことで、少し勉強が苦手なだけの太陽には当てはまらなかった病名だ。

〈こんにちは〜。うちも中一のLDがいます！　ちなみにディスカリキュアです〉

〈うちはLDでASDの子がいます！　来年受験の年です〉

新しいママの登板を皮切りに、忽ちチャットの流れは速まりアルファベットや横文字が飛び交いはじめる。誓って張り合っているわけではなく、新人に寄り添おうとしていたり親しみを持ってもらおうとしたり、あるいは慰めようとしているのだ。会話に交ざれない菜々子は前向きにそう解釈していた。盛り上がるグループチャットに、今度はこういう文言が投下された。

〈みなさんはリアルで会ったりしてないんですか？　オンラインとかでもいいのでこの人たちとオフ会してみたいです〉

どこかで画面の向こうの人は画面の向こうの人だと割り切っていた菜々子には突拍子もない提案だった。勿論これまでここのママたちに会ったことはないし、ママが本当にママである保証もないのだ。パパかもしれないし、なんなら子どもの存在が架空である可能性だって捨てきれない。インターネットとはそういうものであった。

正直菜々子は見ず知らずの自称ママたちに会うほどのバイタリティを持ち合わせていなかった。

〈まだオフ会とかはないですねー。でもめちゃくちゃやってみたい！　おっしゃる通り最初はオンラインでやってみますか？〉

よく喋《しゃべ》るママが賛成の意を示した。それに続くようにしてほかのママも手を挙げはじめる。菜々子が何か考える間もなくあれよあれよとオンラインミーティングの日程は決まってしまった。勿論ここにいる全員が出席するわけではないし、しなければいけないわけでもない。実際出席するのは五十人いるうちの十数人程度だ。当然普段から発言の多いママたちが積極的に参加する様子だが、通常は一言も喋らない菜々子にだって参加資格はある。本来人の輪に入っていくのは不得手なはずだが、どういうわけか今、画面向こうの存在に強烈な興味関心が湧《わ》いていた。

（参加してみようか？）

このグループに参加したときのような自暴自棄な感情とはまた違った、まったく新しい好奇心が芽生《めば》えていたが、これも結局は好奇心のふりをした自傷行為の発露だ。怖いもの見たさという表現が最も近かった。

週末、そのミーティングとやらは午後九時から開催された。菜々子は太陽をリビングに残して自室でカメラを繋いだ。この日は一日外出の予定もなかったが、ママ会ミーティングのために一応の化粧だけはして、部屋着に見えないようラフな雰囲気のメロウトップスに袖《そで》を通した。

素性も知らない誰かと自ら繋がるなんて、菜々子にとって初めての試みだ。それも殿方なんかではなく、近い悩みを抱える人生の先輩方。感じたことのないリズムで脈が躍っているのが分かる。これから待ち受ける時間への緊張ではなく、今まさに挑戦している自分に対する善い興奮だ。

ほとんど使うことのなくなったノートパソコンを開く。温度のないタッチパッドに触れても、昔のように爪《つめ》は触れない。長さを出していたバレリーナ型の爪も、太陽が産まれてからすっかり短くなったものだ。裏腹に髪は伸びっぱなしで、まとめ髪のバリエーションも近頃尽きてきた。女の駒《こま》をひっくり返して母の駒に変えていく作業は初めのうち苦痛だったが、本能的に誇らしいものであった。

九時ピッタリにミーティングは開始され、ぽつぽつとカメラがオンになっていく。文字でしか知らなかった存在が、現実に形を持っていくのだ。この瞬間まで実在を疑っていたエピソードの塊《かたまり》たちは、全員実体を持つ人の子だった。

「あ、あー、聴こえますか？　こんばんはー、山下《やました》ですー」

一人がマイクを入れ照れくさそうに挨拶した。山下という名前は知っている。家に帰らない不良娘と日々闘うタフな母親の名だ。

菜々子は静かに息を飲んだ。画面上に並ぶ母の中で、自分だけが明らかに浮いているのだ。まず今映っている女性たちは現実のママ会メンバー、つまり咲茉ちゃんママや蒼くんママ、奏海ちゃんママよりずっと老《ふ》けて見える。子どもの年齢も区区《まちまち》だから当然と言えば当然かもしれないが、驚いたのはそこだけではない。誰も化粧なんてしていないのだ。菜々子は今まで、化粧が薄くて浮いたことはあっても、化粧をしていることで浮いたことなどない。彼女が生きてきたのはそういう世界だ。

菜々子の化粧だって本当に些細《ささい》な、最低限のものだ。むしろマナーのつもりで施したそれが、どうやら見当はずれの行動だったらしい。なにも菜々子だってワンピースを引っ張り出してきたわけではないし、無闇矢鱈《むやみやたら》に露出しているわけでもない。だけど参加者のほとんどが部屋着で、その部屋着というのも小綺麗なルームウェアなんて面構えはしておらず、普段着から三軍落ちしてきたであろうTシャツや、人に見せないことを前提とされたような酷いデザインの所謂《いわゆる》パジャマだ。菜々子の記憶ではパート終わりに参加している人も多い。それがすっぴんを晒《さら》しているということはもしかして、勤務中も化粧をしていないのかもしれない。世間知らずな彼女の頭の三段チェストには化粧をしないで働くような現場や人物の情報が入っていなかった。他人にショックを受けるのはいつも全き想像力の払底が原因だ。常識なんて水物で、どれもこれも噴飯もののローカルルールなのだ。

くたびれた顔の母たちに並ぶ美しい自分を、菜々子は恥じた。これではまるで自分一人、冷やかしみたいではないか。それぞれの背景に映る自宅には、生活感と苦労が垣間見《かいまみ》えた。

「みんなの顔見られて嬉しいです。細貝さんは今外出中なんですか？　どこかのホテルから繋いでくれてます？」

「えっ？　いえ……あの、普通に自宅です、自宅の主寝室で……あの、なのでお気になさらないでください」

「主寝室！　やだ、ホテルかと思っちゃいましたあんまり綺麗だから……凄《すご》いのねえ、綺麗にして……うちなんか見ての通り人間の住むところじゃないですよ」

「そんなそんな……わ、あの私は働いていないので」

　奏海ちゃんママのような嫌味ったらしい口調ではない。みんな心から綺麗な部屋を羨んで尊敬している口振りだった。綺麗にして、と言ったのは菜々子の外見に対しての台詞《せりふ》でもある。だが菜々子には届いていなかった。すっかり顔色をなくして焦点を合わせようとはしない。ここでは美しさや清潔感を保つことになんて価値はなく、むしろ表面化された苦労が勲章に見えた。菜々子は太陽が産まれて爪を短くしたのを誇りに思っていたが、短い爪でもそこに色は付いていて、甘皮まで丁寧におしあげられているのだ。ささくれだって裂け放題の痛ましい指先とは比べ物にならなかった。白髪も薄毛も青クマもゴルゴラインも縮緬皺《ちりめんじわ》も名誉の負傷と胸を張っている。そのどれも持たない菜々子は自分のことを苦労をまるで知らない腑抜《ふぬ》けのように感じていた。苦労や苦痛なんてものは本来可視化できない信用の事象なのだから、病気になったたからと言って偉いわけでもないし極論死んだからと言ってデカい顔をしていいわけでもない。他人さまの痛みを手前勝手に慮《おもんぱか》って憧れたりいたわったりするのは慇懃《いんぎん》無礼《ぶれい》な蛮行にほかならないのだ。この女はいつも無自覚な不謹慎を撫《な》で回《まわ》していた。

誰かのマイクが子どもの泣き声や怒号を度々拾っているが、さして気にする様子もなくママ会は続いた。それが日常だと言った顔で自己紹介をはじめ、今日初めて顔を合わせたとは思えないほどすんなり談笑を繰り広げている。

「うちはこのグループのこと娘にも聞かせててさ、よく親子で話してるんだ。あ、会いたいかな？　ちょっと呼んでみてもいい？」

一人がそう言ったのを契機に、数人が娘息子を呼びに行った。菜々子だって叶《かな》うことならかわいい太陽を紹介したかったが、それさえ余計な行動になってしまうのを恐れてできなかった。

人数の増えたママ会は当然画的にも賑《にぎ》やかさを増し、一層ごみごみと画面を覆い始める。彼らは太陽よりも大きいにもかかわらず、太陽と同じように、かえって太陽よりも落ち着きがなかったりする。これが数年先の太陽の姿なのだろうか。かわいく思う余裕などなく、他人の子どもがその形で菜々子の心に影を落としていた。

「みんな問題児を抱えてるかもしれないけど、それでもあたしたちを選んで生まれてきてくれたんだから、あたしたちにしか育てられないのよ」

ばらばらに会話が乱れてザワつく中、男だか女だか分からない低い声の女が言った。彼女の発言にみんな一瞬シンとして、いいこと言いますねだなんて一同に褒め始める。何度も聞いたような綺麗事に、菜々子は内心首を傾《かし》げていた。太陽が進んで自分を選んだなんてことがあるだろうか？　だとしたらどうして、言うことを聞いてくれないのだろうか。声の低い女はしんみりとした態度でこう続けた。

「みんなに馴染《なじ》めないような子はどこか特別な子なんだよね」

現実を置き去りに鼓膜がまた蓋をしていく。耳鳴りだ。いっぺんに寝言を聞きすぎた。菜々子はもう飽き飽きしていた。基礎を持っていないからって応用に強いみたいなふりをするマイナスに、心底幻滅していたのだ。なら太陽に何があるというのだろうか。太陽には何もない。優しい心も尖《とが》ったセンスも、不屈の正義感もあっと驚く悟性も、人目を引く容姿も他人から手を差し伸べてもらえる愛嬌《あいきょう》もない。おまけに尻尾《しっぽ》も鬣《たてがみ》も肉球もないのだ。あるのは平均よりいくらかかわいらしい母親と、多少の財力。これだけで勝負するには充分の筋力がなかった。まず第一に筋力を付けるための根性がなかった。

どうせ耳鳴りで何も聞こえない。この状況が菜々子にいらぬ勇気を授け、口を開かせた。

「……うちの子は特別なところなんてありません」

「えっ？」

「昔は特別かもとか思って色々調べたりしたんです。でも特別じゃありませんでした……別にいいんです。特別じゃなくても幸せなら」

彼女の言う幸せは最果ての強がりであった。本当は太陽のことなんて何一つ分かってはいない。何一つ受け取ってくれないから、無理矢理幸せを押し付ける。

「細貝さん、子どもはみんな天使なんだよ」

そう諭《さと》す立派なママの後ろで、その天使とやらが地獄みたいな金切り声をあげていた。なんて素晴らしい世界なのだろう。

「ほんとに、健康で、いてくれるだけでいいんですよ、ほんとに。でも返ってこないのは、私のせいですか？　愛情がです。愛情が返ってこなくてもみなさんは、ママですか？」

「愛情が返ってきてないと思い込むなんて可哀想《かわいそう》だよ……返してくれてるの、気づいてあげて」

「目に見えないのに、何をもって返ってきてるって判断できるんですか？」

希桜なら、才能をもって還元している。愛情を愛情で返しているというより、授かった才能を才能で返しているのかもしれないが、その実績実力全てがこの世にしっかりと存在しているのだ。咲茉は気の強い性悪な娘だが、母親の望み通り派手な格好をして派手な立ち回りをして、本人もそれが最も善いことだと信じている。母親の思想を受け継ぐのは充分な愛情の見返りだ。オーディション番組に挑戦しているという生徒だって似たようなものだろう。

菜々子がこんなにも虚《むな》しいのは、いくら何もないからって愛情くらいはあってほしかったからだ。

「息子ちゃんに愛情がないんじゃなくてね、あなたに愛情を感じ取る力が足りないんだと思うよ」

気がつけば全員の視線が菜々子へと向いていた。普段はこんな目立つような発言はしないはずなのに、どうせ今夜限りとつい火がついてしまったようだ。このミーティングを切ったらあのグループからは抜けるだろうし、二度と会うこともない。誘ってくれた蒼くんママにだけは言い訳を考えなければいけないが、気にするほどのことでもなかった。

「私は足りない母親かもしれません、それはそうですね。でも私は知ってるんです。本当に特別な子を。息子と同い年、その子は確かに天使です」

グループに五十人母親がいても、五十人それぞれに娘息子がいても、その全員が問題を抱えていても、誰一人ご都合主義の〝特別〟なんて持っていやしなかった。ここは特別だって励ましあっていなければ消えてしまうハッタリのグランギニョルだ。白鳥も鷹《たか》もいない、天国に憧れる家鴨《あひる》たちのおうちだ。インプリンティングで繋がっているだけだとしても、かわいいおしりがあるなら全然贅沢《ぜいたく》なことであった。


二十二時半をまわったころ、ぼちぼちママ会はお開きとなった。またやろうねなんて社交辞令から逃げるようにして主寝室を後にした菜々子は、すぐに太陽のいるリビングへと向かった。この時間なら、テレビを見ながらソファベッドで眠ってしまっているかもしれない。さっきの会話を思い出して、瞋恚《しんい》ともせつなさとも言えない複雑な消化不良を起こしていた。階段を半分ほど降りたところで、菜々子は思わず立ち止まった。また幻聴だろうか、閑雅なハーモニクスが聴こえたのだ。疑う余地もなく菜々子の精神を侵すこの音は、向かいに住む天使さまが創《つく》り出《だ》すそれであった。瞬時に血の気が引き動悸《どうき》がする。嘘みたいに汗ばむ。このときの感情はいつも、恐怖に一番近かった。憧れなんて未来志向なものではないし、嫉妬《しっと》と言うほど厚かましいものでもない。菜々子は震える足で階段を降りきったが、幻聴は未《いま》だ続いている。こんな時間に演奏が聴こえるはずなどないが、幻聴にしては違和感があった。普通、菜々子を蝕《むしば》むため湧き上がってくる幻聴の類いは彼女の中から響くため、移動したってそのボリュームが上下することはない。しかし今は、階段を一段降りる毎《ごと》にバイオリンの音色が近づいた。確実に、なんとも不思議なことに、忌《い》まわしいチャルダッシュはリビングから鳴り響いているのだ。頭がおかしくなりそうだった。あまりに虚しい事実として、菜々子はこの頭がおかしくなりそうな感覚に縋《すが》っている節がある。不幸や苦痛に卑しくドラマ性を求めて少しでも名前のある役になろうと悪あがきしているのだ。だから心の奥底では今悩んでいるという現実に酔っ払っていた。諦めの末の悪酔いだ。重い病気に罹《かか》ったことなどないから、自分は重い病気なのではないかと疑うとき快感を得ているのだ。若さと美しさのほかには何も持たない菜々子だ。儚《はかな》く横たわってある程度絵になれば幕を閉じたっていいかもしれない。幻聴が聴こえたって医者に掛からなかったのは、彼女がどこかでこの現象に夢を見ていたからだった。ところで今夜の演奏会はばかにクリアすぎるのだ。どうも様子がおかしい。二十二時台から生き霊なんてお出《い》でになるのだろうか。菜々子は深呼吸をしてから、冷たいドアノブをゆっくりと捻《ひね》った。

「太陽………?」

「あ、おわったの?」

太陽は起きていた。そして、希桜の生き霊なんていなかった。あの音の正体はソファベッドの真正面に位置する、不必要に大きなウォールフィットテレビにあったのだ。普段は物騒《ぶっそう》な人殺しのゲームや下品なドッキリが流れている画面には、向かいの庭先でよく見る少女が映っていた。一瞬菜々子は幻聴に加え、とうとう幻覚まで見え始めたのだろうかと馬鹿なことを考えそうになったが当然全てが現実だった。画面の中の彼女はどこかのスタジオでそれこそ天使のようなドレスを身に纏い、スポットライトを浴びていた。くるりとお日様の方を向いた睫毛《まつげ》に、瞳は従わない。光だって通さない。ふっくらとした頰《ほお》に睫毛の影が落ちて、宗教画を思わせた。

「これ、希桜ちゃんだよ」

「うん、お向かいの希桜ちゃんだよね……えっ、ビックリしたね」

「テレビつけたら、希桜ちゃんだった」

よく見ると右上には俗っぽいテロップが表示されていた。

〈九歳の天才バイオリニスト　希桜ちゃんによる特別演奏〉

「テレビ、出てるなんて、こんなの咲茉ちゃんママとかすっごい騒ぎそうだね」

彼女は自らオーディション番組に立候補したいつかのユウくんとは訳が違う。どういう経緯かは分からないが向こうから特集を組まれて出演しているのだ。ゴールデンでない放送時間の番組であっても、こんな才能世間が放っておかないだろう。素人にも恐ろしいくらい想像がついた。ミーティングの間ずっとリビングに置きっぱなしだったスマホには、案の定咲茉ちゃんママたちから大量に通知が届いていた。もしも咲茉がテレビ出演などすることがあれば、事前に触れ回るはずだろう。希桜の母親は素晴らしく謙虚だった。菜々子は画面の向こうの天使を見つめて、図々《ずうずう》しくも誇らしさに近い何かを湧き上がらせはじめる。涙が出そうと言うよりは、あの子の演奏を聴きながら泣きたい気分だった。それができたら深夜の幻聴も消え去るような気がしたのだ。

「希桜ちゃんじょうずだね、九歳なのに」

表情の変わらない太陽だが、テレビを見つめる横顔は真剣だ。菜々子も見たことのない、新しい感情が芽生えているのかもしれない。

「九歳かぁ。ママ九歳のとき、何してたかな」

そう言って菜々子ははっとした。俗っぽいと無意識にこき下ろしたテロップには、九歳という情報しか書かれていないのだ。そんな馬鹿な。何度見ても同じだった。だがそんなはずはない。希桜には九歳という属性よりも、ずっとキャッチーで重要な要素があるはずだ。番組は希桜の盲目について、まるで触れていなかった。演奏が終わって、番組MCが話し始めても決してそのハンデには触れなかった。しかし隠している様子でもないのだ。彼女は、番組は、そんな取るに足らない個性のことよりも、才能の方に注目あそばせとおっしゃっている。フレディ・マーキュリーはエイズで死ななくてもどうせ伝説を作ったのだ。トム・クルーズは文字が読めたってきっと関係なく様々な賞を受賞したのだ。ビリー・アイリッシュはトゥレットだからではなく馬鹿みたいにカッコよかったから最年少でグラミー賞を貰ったのだ。結局は雲の上の存在の穴ぼこに親しみを感じたって赤っ恥だった。穴ぼこだけ同じでも、ほかは全部違うのだ。元より、雲の下の存在同士でもまったく同じ形の生き物なんていない。細貝家のお日様は、雲よりずっと下にいた。番組がＣＭに変わって、ふと視線を外すと壁には太陽の描いた絵がかかっている。大きな画用紙を小さく使ったケチ臭い似顔絵だ。あえてそう描いたのではなく、ただ単にバランスをとるのが下手なのだ。菜々子はこの絵を笑顔で飾ったが、嬉しかった記憶などない。閉塞的な子は独自の世界があるから芸術的な分野で活躍するかもなどというペテンをどこかで吹かれて、そのまま真に受けていたからがっかりしたのだ。

「ママもね、絵が下手なんだ」

菜々子の疲れた声は息子に向けられていても、飛距離を出せず直角に胸の方へと落ちた。

「歌も下手」

音のしない秒針が無情な時間の角度を測って推し進む。

「運動も嫌い。お勉強も好きじゃなかったな……」

母親の様子がいつもと違っても、太陽は気にしなかった。もう寝る時間だと言われずに済んでいる、とだけ解釈し、また人殺しのゲーム動画を流し始める。お終《しま》いだった。何も持たない太陽が優しさや思い遣りまで持てないようでは。

「パパのことは昔好きだったな」

監獄のような室内に、母のような何かと息子のような何かが閉じ込められている。家が下手に広いせいか、母のような何かはいつでも息子のような何かを探していた。そして見つける度に、本当にこんなものが息子なのかと疑うのだ。

「太陽のことも、太陽がお腹にいる間は大好きだった」

その夜から、ぱったり幻聴は聴こえなくなった。浅はかな欠陥に期待するのを諦めたかのように、夢すら見ない夜が希桜の隣人の人生を待っていた。

献 鹿 狸 太 朗

1999年生まれ。
16歳の時、「月刊少年マガジンR」にて三ヶ嶋犬太朗名義の
『夜のヒーロー』で漫画家デビュー。
高校卒業後すぐに「ヤングマガジンサード」で『踊るリスポーン』連載開始。
第59回文藝賞で「青辛く笑えよ」が最終候補となる。
小説デビューとなる『赤泥棒』は発売即重版となった。
現在慶應義塾大学大学院在学中。

地《じ》ごく

2024年1月16日　第一刷発行

著　者　献鹿狸太朗《けんしかまみたろう》

発行者　森田浩章

発行所　株式会社講談社
〒112-8001 東京都文京区音羽2-12-21
電話　出版　03-5395-3506
販売　03-5395-5817
業務　03-5395-3615

本文データ制作　講談社デジタル製作

印刷所　株式会社KPSプロダクツ

製本所　株式会社若林製本工場

KODANSHA

定価はカバーに表示してあります。
落丁本・乱丁本は購入書店名を明記のうえ、小社業務宛にお送りください。
送料小社負担にてお取り替えいたします。
なお、この本についてのお問い合わせは、文芸第三出版部宛にお願いします。

ISBN 978-4-06-534286-2　N.D.C.913 127p 20cm